优秀蒙古文文学作品翻译出版工程 ★ 第六辑

会笑的绵羊

短篇小说卷

内蒙古翻译家协会 / 选编

作家出版社

前言

少数民族文学是中华文学宝库中的璀璨明珠。作为少数民族文学的一种，个性鲜明的蒙古族文学植根于草原文化的深厚沃土，历史悠久、内涵丰富、深情豪迈、风格独特，蕴含着尊重自然、坚守信义、开放包容、崇尚英雄的草原文化核心理念。千百年来，灿若星河的蒙古族文学熠熠生辉、绵延接续，与各民族文学共同繁荣，彼此照耀，形成多元一体的中华文学版图，向世界展示着中华文化的独特魅力与多彩斑斓，这其中，蒙古文文学的创作摇曳多姿，独具风华。

2019 年 7 月，习近平总书记在考察内蒙古时指出，要重视少数民族优秀传统文化的保护与传承，加强民族团结进步教育，建设各民族共有精神家园。贯彻落实好习总书记的指示精神，推动蒙古族文学事业的繁荣发展，是新时代草原文学工作者的重要文化使命与责任担当。

为集中展示优秀蒙古文文学创作的丰硕成果，自 2011 年始，内蒙古自治区党委宣传部、内蒙古自治区文学艺术界联合会、内蒙古翻译家协会联合启动“优秀蒙古文文学作品翻译出版工程”，将内蒙古籍作家创作的优秀蒙古文作品汉译或英译，大规模、全方位、多视角地向海内外读者全力推介。至 2018 年，此项工程共翻译出版图书 40 册，包括长篇小说 21 部、中篇小说卷 9 部、短篇小说卷 5 部、报告文学卷 1 部、诗歌卷 2 部、散文卷 2 部。这 494 部（篇／首）作品，在国内外读者中产生了广泛而热烈的反响。翻译出版工程的实施，显著提升了蒙古文文学的知名度和影响力，极大调动了母语写作的积极性，同时也激发起翻译家们的热望与豪情，对推动我国多民族文学交流融合，满足人民群众日益增长的文化期待，筑牢中华民族共同体意识，扎实推进民族团结，发挥了积极有效不可估量的作用。

值此中华人民共和国成立70周年之际，优秀蒙古文文学作品翻译出版第二个五年工程开始启动。这是将总书记深情嘱托落到实处的具体行动，对于我们不忘初心，牢记使命，践行社会主义核心价值观，推动内蒙古文艺蓬勃发展和文化“走出去”，深化习近平守望相助理念，弘扬蒙古马精神，构筑共有精神家园，汇聚建设亮丽内蒙古、共圆伟大中国梦的精神力量，都具有重大而又深远的历史意义与人文价值。

工程入选作品，在一定程度上代表着新时代以来蒙古文文学创作的整体面貌和艺术水准。篇幅或长或短，主题各有侧重，技巧各美其美。其中，既有爱国主义、英雄主义酣畅淋漓的书写，也有对宏大历史场景波澜壮阔的描摹；既有对社会变革沉静深邃的思考，也有对人民生活和情感细腻入微的表达。通过讲述北疆广袤大地上草原儿女质朴动人的故事，鲜活地记录了历史沉浮和世事沧桑，彰显了草原文化深刻丰富的内涵。如同草原上千年流淌、千折百转的河流，奔腾向前，澡雪精神，涤荡尘虑，净化心灵。

在感谢母语作家辉煌创作的同时，我们应特别致谢翻译家们的巨大付出与默默奉献。翻译，特别是文学翻译，不仅仅是对原作的精准解读，更是高妙的再度创造，需沉潜其中、心领神会、娓娓道来，还要点石成金、灵感迸发、妙不可阶。文学翻译的难度在于，信达雅标准之外，译作应是原作的甦生与升腾。这个过程，既检验着译者精准把握语言的能力，对两种文化的熟稔程度；又是对艺术审美的方向感、人生经验与生命体悟能力的严苛考量。唯有各方齐备，方可脱胎换骨、绣虎雕龙、笔酣墨饱，使其魅力丛生、茁茂葳蕤。纵观第一期工程收录的优选之作，我们欣喜看到译者艰难的文化解密与艺术再造，相信在此基础上通过翻译家们的倾力付出，第二期工程的读者将会获得更多的精神享受和智慧启迪，并由此带来心灵的震撼与久远的回味。

此项翻译出版工程，既是对已有优秀蒙古文文学作品的梳理推广，也寄托着对未来蒙古文文学创作的企盼和祝愿。衷心希望广大蒙古文文学作家、翻译家携手并肩，坚持以人民为中心的创作导向，凝神静气，深入生活，扎根草原，孜孜以求，用敏感多思的心灵感受时代，抒发真情，呈现大美，创作并翻译出更多接地气、传得开、留得下的经典之作，为时代放歌，为人民抒怀，为英雄喝彩，为草原增色。

鲜花如海，旗帜高扬。在习近平总书记关于文艺创作指示精神引领下，在新时代文艺春天的感召下，我们的蒙古文文学花蕾定将在牧草深处蓦然绽放，我们的翻译大家亦会悉心采撷，以心命笔，共铸华章。让人们深切感受蒙古文文学的独有魅力，感受草原的宽广温暖与迷人馨香，让中华文学的百花园绽放出更加绚丽夺目的光彩！

内蒙古自治区党委常委、宣传部长 冯小刚

目 录

四耳狼与猎人

满都麦 著
哈达奇·刚 译

满都麦

肖兀达（乞彦）部厄勒图特氏蒙古族，生于1947年。中国作家协会会员，一级作家。自1971年从游牧大本营步入文坛以来，发表文学作品五百余万字，出版《碧野深处》《满都麦小说选》《三重祈祷》等十部蒙汉文版文学作品集。获内蒙古自治区文学创作"索龙嘎"奖和全国第七届少数民族文学创作骏马奖等奖项多次。《碧野深处》《骏马·苍狼·故乡》等多部作品在国外发表，《瑞兆之源》《绿色的呼唤》等七篇作品入选八省区统一教材《蒙古语文》。

哈达奇·刚

又名那顺，哈达沁氏蒙古族，1949年出生于鄂尔多斯乌审旗。中国作家协会会员。从事文学创作、文学翻译、文学评论和民间文化研究，发表著译六百万字，出版蒙汉文版文学作品、学术及编译著作九十余部。获全国少数民族文学创作骏马奖、内蒙古自治区文学创作"索龙嘎"奖、"萨日纳"奖、社会科学研究优秀成果奖和"五个一工程"奖等奖项多次。荣获"内蒙古自治区文学艺术突出贡献奖"金质奖章及全国德艺双馨民间文艺工作者称号。

巍峨的群山，在皑皑白雪覆盖下，看上去好像是千千万万只静态的野生动物。那嶙峋重叠的奇山异峰，犹如俯瞰而卧的雄狮猛虎的银雕；那犬牙交错的悬崖峭壁，又似千姿百态的岩羊、盘羊和扁角羊的玉雕。再细看那一只只栩栩如生的形态，有的似乎在为已经灭绝的族群而悲哀，有的似乎在为留存下来子孙们的命运而忧伤。

砰！

一声沉闷的枪声打破了世界的寂静，摇撼着大地，渐渐传向远方。

这一枪让一只静卧在山岩下可能做什么梦的赤红狐狸遭了殃，它倏地跳起来就地打着转，发出痛苦的哀叫。与此同时，那位猫在风头下一块岩石后头的开枪人也惨遭不幸，巨大的后坐力使他脚下打滑，像块石头似的滚下山沟。

这位掉入大约十丈深沟的歪手巴拉丹，似乎已了却一生尘缘，无声无息了。

1

歪手巴拉丹是个年过五十迈六十的老猎人。

昨天降下了腊月以来的第一场大雪，他进入了一种难以言表的兴奋状态。在最佳狩猎季节，他一直盼望能有一场清晰地显现野生踪迹的大雪。

晚上，他忙个不停。因为第二天凌晨要出猎，他必须要准备好一切。他先是挑开灶里的火，化铅做砂子，接着剪铝片做小圆帽儿，最后装火药、安火泡。

“……嗯，瞎子嘎拉桑和瘸子海达布死掉了，是个好事。”他边干手里的活儿边思谋着，“猎场上少了两个与我争利的人，真是为我去了心病。”灶火的微光中，他那得意的脸显得红扑扑的。

瞎子嘎拉桑、瘸子海达布和歪手巴拉丹，都是同龄人。他们三家围着一口牧井鼎立而居，都是多年来征战黄羊滩和狮子山，以狩猎为生的老猎人。在那些肥美秋天和丰储冬天的日日夜夜里，扛着一杆空心铁，翻山越岭，爬坡过河，千辛万苦地去狩猎时，他们早已不再遵循祖先那个凡是猎获物不管是牛大的野生还是巴掌大的石鸟都要平分的规矩。不知是由于时代变迁带来人口膨胀、猎场缩小的缘故呢，还是由于环境受到破坏而野生动物变稀少的缘故，反正猎人们异想天开地转悠一两天之后，才有可能遇到一两只野生动物。所以他们为了抢在别人之前捕到那仅有的一两只野生动物，简直到了明抢暗夺的地步。假如有谁先捕到了什么，谁也不肯让别人沾光，缩作一团，极力提防，好似乌鸦、老雕与刺猬，相互间充满了蔑视、仇视和敌视。

提起瞎子嘎拉桑，他并非生来就是瞎子。

深秋时节，他们常到湖边芨芨丛中，蹲入挖好的土坑里，捕获前来饮水的黄羊。一天，嘎拉桑赶在巴拉丹和海达布之前蹲进坑里，等来了一群黄羊，于是就起了贪心，往火枪里装了多出一倍的火药和差不多百十来颗砂子，朝那并排饮水的黑压压的黄羊群正中一只公黄羊扣动了扳机。也许是过于贪心所致，因用力过大，该砸向火泡的击火器突然脱落飞向一边。真倒霉！枪没响。不能让巴拉丹和海达布看我的笑话！他憋着一肚子气，顺手捡起一块石头照着扣在导火孔上边的火泡砸了下去。枪响了。湖边饮水的黑压压的黄羊群惊跑的时候，雌雄共十八只黄羊倒在了湖边。然而欣喜若狂的嘎拉桑一时还全然不知火药把砂子射向黄羊的同时，也射瞎了他自己的一只眼。

其实瘸子海达布也不是从小就是个瘸子。

一天晚上，海达布在狐狸必经之路安了个大铁夹子。当天晚上下了雪，第二天早晨他去找时什么也看不见了。是下了雪前有什么大家伙带走了铁夹子呢，还是巴拉丹或嘎拉桑哪一个使坏把铁夹子挪了位置呢？他心生疑窦，想看个究竟，用脚拨拉着雪往前找，却不料一脚踩下去，让那大得能把狼头夹扁的铁夹子夹住了自己的腿，结果就成了瘸子。

瞎子、瘸子之后，又轮到了巴拉丹。

一天，被巴拉丹打伤的一只狼钻入一片深草不见了。巴拉丹踌躇起来，怎么办？按照猎人通常的做法，这种时候不必靠近，而是丢下不管，第二天过来剥皮就是了。可是当他想到如果瞎子嘎拉桑和瘸子海达布听到了他那打中的枪声而又见他空手回来，说不定半夜他们过来捡了呢，于是决定再补一枪当场扒皮。他重新装好火药和砂子，拖着枪钻入草丛往前爬。俗话说，祸从平地起，他那拖着的枪让草茎拉开了栓，又让艾蒿扣动了扳机。走火的枪又不长眼，打断了他的一条胳膊。后来虽然接上了，却因此得了个“歪手”的绰号。

2

歪手巴拉丹天不亮就起了床。他走出户外去揭蒙古包顶，见那夜里下的一拃厚的雪，心就痒痒起来。在生火熬茶的工夫，他边往木碗里切煮熟的凉黄羊肉，边琢磨着今儿个猎缘在哪方？于是习惯地捏着手指头，口念“日曜、月曜、火曜、水曜……”捏出了日辰，接着想再捏方向，蓦地听到挂在哈那[①]头上的火枪枪栓发出了铮铮响声。枪栓发出的吉兆令歪手巴拉丹拍响大腿，心里喊了声“好、好！今天的猎缘真不寻常咧……”他看了看尚未露出鱼肚白的东方天空，急急忙忙开始喝茶。巴拉丹挂在哈那头上的火枪常常发出这种响声。有了这种吉兆，根本用不着捏呀算呀的，随便朝哪个方向出去，都将满载而归。细想起来这支祖传猎枪没法不神通。且不说祖先那时候，单说到了巴拉丹手里究竟结束了多少条生命，连他自己也记不清，然而这支枪知道，不光知道他的，连他祖宗的也记得清清楚楚。猎场上有个“血点枪眼枪更灵”的说法。每打死一只猎物，用冒烟的枪口点一下冒血的伤口，猎枪便可增添灵气，点得愈多愈灵，渐渐地就会变得神通不凡，每遇吉兆便会自动地发出响声。

听那响声，今天不遇上只盘羊岩羊也能碰上只扁角羊或旱达罕[②]什么的。巴拉丹如此估摸着往枪筒里装了多出一倍的火药和杀伤力强的炸子儿，竟忘了封灶里的火[③]，便走了出去。

天色微微发亮。草丛间的野兔好像故意逗他似的，就在他身边伸手可及的距离里三三两两地来回跑动。今天的目标可不是你

① 哈那：蒙古包毡壁的木质支架。

② 旱达罕：麋、驼鹿、犴。

③ 封灶里的火：牧民们出门前必须封好灶火，忘了封火，意味着不吉利。

们。巴拉丹理都不理，从旁走过。他走进狮子山，一心想捕获大猎物的巴拉丹，时而察看渐渐清晰的远处，时而搜寻脚下雪地上的踪印。

当太阳爬上狮子山最高峰的时候，歪手巴拉丹来到狮子山东南山谷里。倏地，他发现在雪地上清清楚楚地印着刚刚走过的公母盘羊带小羔的三只盘羊踪。怎么样，我的猎枪够灵的吧？他喜出望外，两眼发亮，两腿也轻多了。哈，多时没吃到那嚼起来有点发涩，嚼过后满嘴香的盘羊肉啦。都说狮子山里盘羊绝种了，看来还有呢。好吧，你瞎子嘎拉桑和瘸子海达布可就没有这个口福喽。我巴拉丹再歪手也比你俩走运多了，这就叫祖宗积下的恩德哩。

歪手巴拉丹喜欢夸耀自己世代为猎的祖宗。他说他太爷爷曾是个用九十九只虎皮做蒙古包的猎人，爷爷是个用八十八只特赫[①]皮做蒙古包的猎人，父亲是个用七十七只旱达罕皮做蒙古包的猎人，而到了自己这辈却成了个用六十六只黄羊皮做蒙古包的猎人。其实他所期望的不是只用黄羊、旱达罕、特赫或虎皮，而是恨不得用一百零八条同等大小的龙皮缝一顶宽敞无比的大蒙古包，做一个比父亲、爷爷和太爷爷更强的猎人。可惜那个叫龙的玩意儿在比太爷爷还老早的时候，就让皇帝老爷杀得精光，连个影子都没留下。歪手巴拉丹有时候也为自己未能有个传香火、接猎枪的儿子而悲哀。不过与以狩猎为业的老祖宗连起来想，心里就会宽松些。假如他真有个儿子，恐怕连用五十五只兔皮缝个蒙古包顶的可能性都不会有了。假如再往下传到孙子、重孙子，也许只得用四十四只耗子皮来对付喽……

古时候地广人少，野生动物就像天空里的星群，数不尽来打

---

① 特赫：公野山羊。

不完，然而就那样也还有很多不成文的关于保护生态平衡、保护野生动物繁殖方面的禁律，譬如只有雌雄一对的不猎，野生动物发情期不猎，哺乳期的母兽不猎，等等。直到歪手巴拉丹的父亲这一辈，猎人们还严守着自古以来的那些禁忌。只是到了巴拉丹这一代，这些禁忌已所剩无几，及至后来连影子都没有了。那些因贪婪而眼睛发红的新老猎手们，为了野味和野生的皮毛，不再讲任何禁忌，见了就打，碰上就杀。

巴拉丹让带羔公母盘羊踪引入狮子山深处，那踪突然折向一边大步奔去。他断定盘羊一定是受到了猎人或其他敌人的惊扰，不可能一时半会儿停下来。他爬着坡正觉得希望渺茫，忽然发现一行新从盘羊踪上横穿过去的狐狸踪。他看出那只狐狸个头很大而且也已吃饱，正在寻找适合打盹的地方，估计不会走出多远。行啦，明日的肥肉不如今日的杂碎。与其追踪那几只不知什么时候才能停下来的盘羊，不如琢磨近在咫尺的这只狐狸。他丢下远去的盘羊踪，跟上了爬向悬崖的狐狸踪。

他沿着陡峭的悬崖没爬几步，就瞧见了卧在悬崖背风处晒太阳的一只火红狐狸。怎么样？又有个二十五块钱的收入了。巴拉丹兴奋起来，摸到悬崖一侧的卧牛石背后，略一屏气，瞄准狐狸便扣动了扳机。

3

太阳照到狮子山北麓时，深沟里的巴拉丹才苏醒过来……这是怎么回事？他莫名其妙地欲欠身，顿觉脑袋痛得像爆裂一样。噢，对啦，我是跟着盘羊踪却去打了红狐狸的人哪。怎么，莫非是撞上修炼成仙的家伙而得到报应了不成？

他想站起来，用了用劲儿，没成功。原来他的歪手又断了，一条腿也从踝骨处脱了臼，正钻心裂肝地疼痛。他这才心里扑通一下，不由想起瞎子嘎拉桑的死。

瞎子嘎拉桑终身以猎狐为荣。不知是真是假，据说死的那年冬天，他向邻里们吹嘘说："我已经打死九千九百九十九只狐狸，再杀一只就是整一万。"并发誓，"只要凑够一万整数，我就要放下猎枪，金盆洗手做神仙。"可他连着几天出猎，甭说狐狸，连只兔子样的小狐崽都没碰着。"欲绝猎缘，竟如此倒霉！"他望着落日无精打采地沿着去路往回返，猛然间看见有只尾巴白到底，壮得像野猪似的大黑狐狸，也不知是从哪儿冒出来的，拦住他的去路，哀怨而嘶哑地朝他汪汪叫。"好晦气的东西！"他气急败坏地端起早已装了火药、砂子的猎枪便开了枪。不知真的是白尾巴黑狐狸系修炼百年而成仙的呢，还是猎枪已在主人之前完成了杀戮的指数呢，反正只听一声巨响，枪膛爆炸，被打的狐狸安然离去，开枪的嘎拉桑却脑浆迸溅……

"刚才我打的是只火红的小狐狸啊，哪能和嘎拉桑那只白尾巴黑狐狸相比呢？"他尽可能寻找理由驱散自己的恐惧心理。"也许刚才只是场噩梦。我歪手巴拉丹是这一带唯一名震四方的祖传猎人，哪能这么容易就不行了呢！"

他又一次想站起来，仍未成功，他这才意识到问题不那么简单。"这可怎么办？我一个孤身老汉，企盼谁来救我呢？真该倒霉！假如早知有今天，当初真该溜舔着让杭日娃那女人跟我好好过得啦。她人缘好，也很美，年轻时可比我老婆水灵多了，我还真没少为她神魂颠倒哩……"

歪手巴拉丹十六岁就有了结发妻子。可惜妻子一直不生育，到了四十岁肚子才凸起来。因为将要有个续香火、接猎枪的猎手儿子，巴拉丹着实脚不着地地高兴了几天。然而生产时难产，妻子像只受伤痛折磨的母鹿一样折腾了整整三天三夜，终于没能生下来，母子双双离开了人世。失去妻儿，悲痛欲绝的巴拉丹曾一度失去生活的信心，差一点儿也跟着他们去了阴曹地府。

“你就不能不干那打猎杀生的作孽营生吗？”杭日娃来看他，意味深长地说。

这句话像一层霜降在巴拉丹的心灵深处。她的劝告不是没有道理，杀戮为生，的确没有什么好结果。瞎子嘎拉桑先后娶了五个老婆，五个全死了，而且都像是石女，没有一个为他生育。就算这是缘于他德性不好，可瘸子海达布呢？他的瘦黄女人虽然给生了个独苗女儿，可天生呆傻，二十岁了还不会穿衣吃饭，喝口水也要咀嚼半天。喝同一口水井的三家猎户都落个断子绝孙的下场，不能说不是报应。看来真该改掉这提着猎枪以杀戮为乐的荒唐生活啦……他这样犹豫不决地度过了一个春天。不能说独身女人杭日娃不是个佛爷心肠的人。当巴拉丹刚刚结束一百天的丧期，她就拎着针头线脑包跟他合灶同炊，为他撑起了门户。这一下，因中年丧妻而像霜打的草叶似发蔫的巴拉丹可算见到了明媚的阳光，他心灵深处积蓄多日的阴霾瞬息间烟消云散。面对按时端上一日三餐热茶新饭的杭日娃女人，他的生活又充满了新的生机。在风华正茂的年龄里歪手巴拉丹曾苦苦地追求过邻里这个单身女人。不过开头只是为她的美貌所动，时时瞧瞧，以饱眼福和心福而已。后来他觉得除了妻子没碰过别的女人的人还算什么男子汉，便为了满足这一贪婪的欲望，抱着像在无雪的荒野里追踪般的韧劲儿，每每狩猎完回家时以口渴为名绕进她家，口称“野味大家尝”，扔下一两只猎获物，天长日久，终于有了感情，动了手脚。

在一个归鸟南飞的深秋季节。黄羊滩的黄羊肥得脊梁上像抹了一层朱砂一样泛红。瘸子海达布和瞎子嘎拉桑为猎黄羊忙得天天不着家，将打死的黄羊一对对地驮来，门前拉起长绳，挂满了一条条黄羊肉干。对此，巴拉丹看在眼里急在心里，手脚发痒，肚里的狩猎虫也蠕动起来，急得像是个憋尿的小男孩团团乱转。滩里的尤物，狩猎的极品，凭啥就让他俩去独占？巴拉丹终于忍不住，提着猎枪，迈出家门。

第二年青草萌芽的仲春的一天，巴拉丹家来了个自称是在南方动物园工作的上了年纪的人。他看出巴拉丹可能是个猎人，便说："如果您能捉住活狼，每一只我给三百块钱。"

三百块钱，差不多是二十张狐狸皮的价！歪手巴拉丹在心里默默地计算一下，点头答应了。

很快又到了坡上马兰青青，花卉出骨朵儿的初夏。一天，多日坐卧不安的歪手巴拉丹也没跟杭日娃女人打声招呼，抄了枪就往外走。正在为巴拉丹缝制夏天穿的黄羊皮油鞣革上衣的杭日娃女人，怔怔地目送着不声不响走出家门的巴拉丹的背影，纳闷儿：怪啦，这会儿所有野生都在褪毛，只剩光皮板，黄羊肉也生虫卵不能吃了，难道他打了一辈子猎就不知道吗？莫非他有了毛病？

照进蒙古包内的阳光快到套脑[①]顶上的时候，歪手巴拉丹兴致勃勃地回来了。他从宽敞的蒙古袍怀抱里掏出三只还不足月的小狼崽儿，用背粪篓扣住，然后在喂奶器里装上牛奶喂起来。

杭日娃女人开头特别憎恶那些小狼崽儿，但后来渐渐觉着顺了眼，有时也给倒点吃剩的饭食。

没多久，小狼崽儿渐渐大起来，本性也开始显露出来，不愿接近人，也不愿当着人吃食。于是歪手巴拉丹就在蒙古包外挖了个坑，用柳条编了个篱笆地牢，将小狼崽儿放进去，每天用猎回

① 套脑：蒙古包的天窗，呈圆形，扣于蒙古包顶部。

的野兔、野鸡和黄鼠喂养。

然而小狼崽儿都长成小狼时，那买狼的人也不见踪影。

小狼越长越大，喂养也变得艰难。

“轻信那过路人的话瞎等，看来是成了狐狸和牤牛的故事啦。”因心疼巴拉丹那忙碌不停的样子，杭日娃柔声地劝说着，同时她也露出了将三只小东西放生的意思。

“你把狼当成绵羊啦？”巴拉丹瞪大两眼，恶狠狠地说，“买狼人不来就拉倒。等再长大些皮毛长齐了，卖皮子还不行！”

快到数九天，临近狼的发情期。篱笆中的小狼开始骚动起来，恨不得咬破篱笆跑出去，没白天没黑夜地嗥叫折腾。甚至对成天喂养它们的巴拉丹也毫不客气，冲他龇牙咧嘴，射来充满敌意的目光。

“哼，别着急，过两天瞧老子怎样扒你们的皮吧！”

杭日娃女人听到巴拉丹这般嘟囔，为那几只小生命担心彻夜未眠。第二天，趁巴拉丹出猎，她壮胆打开篱笆，放走了那几只小狼。

晚上，巴拉丹回来看见敞开的篱笆便明白是怎么回事，一进门就冲围着锅灶忙乎的杭日娃女人左右开弓，打的她眼冒金星脸发烧。

“狼，是你叔父还是你娘舅？”他大发雷霆，“好端端的能做一床被子的三张狼皮让你放跑了……”

杭日娃女人捂脸痛哭着，内心充满了酸辛、苦涩和恼怒。“我没义务非跟你这个狼心狗肺的东西一起过日子！”她收拾起手头用的东西，当晚就离去了。

巴拉丹躺在深沟里，如此这般想着，忽然听到有老雕在头顶上咴咴儿鸣叫。他抬头望去，只见老天爷阴沉着脸又要下雪，一只寻死尸的老雕近在射程之内盘旋。

鬼东西！黄羊滩、狮子山缺了你吃的，见我老汉的老肉垂涎啦？难道我这个这片草原上的最后一位老猎人就要变成老雕嘴里的吃食？那么……将来人们就会说歪手巴拉丹的下场比瞎子嘎拉桑和瘸子海达布更次、更惨、更狼狈哩。真要那样，可就败坏了世代为猎的祖宗的名声啊！

望着头顶盘旋的老雕，心生悲哀的他忽然醒悟过来：嗨，哪是来吃我的，肯定来吃刚刚让我打死的狐狸的。不行，那只火红的大狐狸少说也能卖二十五块钱。哪能把到手的猎获物让你老雕随意啄烂呢！

他咬紧牙关，端着断胳膊，拖着脱臼的腿，用好手撑地，用好腿蹬地，吃力地向悬崖爬去。

4

西斜的太阳让云层遮挡着，只剩个微弱的光点。歪手巴拉丹奇迹般地爬出谷底，沿着刚才的脚印爬上坡顶，几乎爬到了刚才狐狸卧过的悬崖顶上。可惜狐狸已不见，只见鲜血染红了一尺见方的雪地，周围也不见有出走的踪印。巴拉丹绝望了。一定是让刚才那只老雕叼走了。他朝天上看，老雕也不见了。他捂嘴后悔不迭：哼，要是早知道要让你叼走，何必要打它呢？真是可惜了的……再回头去追那几只盘羊是没指望了。那就找一找丢下的猎枪吧。他又继续向上爬。他听到了似乎是野狼的嗥叫声。他眼前一亮，屏息细听，没错，果然是野狼。他神经质地摸了摸别在腰带上的用牛角制成的火药筒和用公黄羊阴囊皮制成的砂子袋。野狼是与猎人争夺猎获物的天敌，已经相遇，就得打死它。我必须马上找到猎枪！他鼓足劲儿，继续向悬崖爬去。猎枪不在那儿，可能在刚开枪的那块卧牛石后头。他又向几步远的卧牛石爬去。

光板石头上的积雪似乎专跟他开玩笑，好不容易爬上去几寸，一打滑便滑下去好几尺。野狼的嗥叫声愈来愈近，眼前的山沟里出现了一群发情的公狼，黑压压的，数量不少。一只、两只、三只……总共有七只，其中有一只母狼。所有的公狼都争着要接近走在最前面的母狼。嘿，多好的机会！太好了！近年来很少见有这么多发情的公狼在一起。十年前遇到过一次，他藏在岩石后头只打死走在后面的四只公狼，其他的跟母狼一起跑掉了。这次一只也别让它跑了。七只狼皮，缝两床被子还有余头，要卖也能卖他一百多块钱。我歪手巴拉丹再有伤，也不能玷污猎手的荣誉。如果端着断胳膊拖着脱臼的腿，一窝端了那些狼，那才是名副其实的猎人哩。

兴奋起来的巴拉丹不顾一切地去找猎枪。他完全忘记了酸痛的断胳膊和脱臼的腿。猎人遇到野生都这样。这是他们的天性。巴拉丹变成歪手那次，也有过一次同样的经历。那次虽然流血的胳膊痛得钻心，但他并没有忘记深草里受伤的狼。放走到手的猎物，下次出猎必将空手而归。巴拉丹咬一咬牙，撕下腰带，用嘴和好手缠住受伤的胳膊，重新为猎枪装好了子弹。他抱着我因你而受伤的仇恨，接近正在舔伤口的野狼，用断胳膊为猎枪做依托，扣动了扳机。站立起来朝他龇牙咧嘴扑来的狼应声倒下……现在他依然以这种精神，挥汗如雨，气喘吁吁地爬到了丢下枪的卧牛石跟前。他有点喘不过气来，稍稍停下来顺势察看山沟里打转的狼群。他担心狼群走远，不好打。没想到就在这时，用好腿膝盖顶着的石板突然打滑，他像个玩滑梯的孩子似的，从高高的悬崖上直直地滑下去，一直滑到狼群所在的山谷上面的斜坡上，才好不容易停下来。

公狼们正为母狼而相斗，忽见巴拉丹从上头滑下来，受惊不小，立即跑散。不过它们跑出去后停下来回头看到一动不动地躺在地上的巴拉丹，似乎明白了一切，便又一点点地往回走来。

看着成群而至的狼群，巴拉丹目瞪口呆，吓得早已不是刚才那个为连窝端这群狼而不顾一切、奋力爬悬崖的巴拉丹了。这下可完啦！我赤手空拳不说，而且还重伤在身，能有好下场吗？当他想到将要跟瘸子海达布一样变成狼食，便浑身直打哆嗦……瘸子海达布起了个大早，去德日斯图峡谷察看头天晚上安放的狼夹子。狼夹子夹住了一只母狼的两条前爪。看来已经折腾了一夜，已将一座蒙古包见方大的草地作践出黑圈，正绝望地立在原地看他走近。海达布高兴极啦，他走到母狼跟前举起枪托朝母狼头部狠狠地砸去。母狼发出痛苦的叫声。突然，倏地从近旁芨芨丛里嗖嗖蹿出两只公狼来。看样子它们在芨芨丛里守候了一夜，此刻要为母狼复仇。还没等海达布反应过来，头一只公狼便把他冲倒在地，一口咬断了他的喉咙。第二只公狼叼起垂死挣扎的海达布裆部抖动着，从喉咙深处发出愤怒而暴躁的吼声。瞬息间两只公狼撕光了尚未断气的海达布的衣裳，撕开胸膛，掏空了心肝肺……这一恐怖的死亡场面呈现在歪手巴拉丹的脑海里，令他毛骨悚然，心惊胆战。当他再次看时，狼群已来到十步之遥。他恐惧的眼珠子瞪到了脑门上：今天是完啦，在这深山里……一辈子杀狼的我居然也要跟瘸子海达布一样活活地让野狼吃掉啦。唉，父亲，祖父……那时候有过这种事吗？可是从来没听说过啊。怎么到了我们这一代祸凶不断，接连发生这种恶遇呢？到底是现在的狼比那时候的狼凶了呢，还是现在的人比那时候的人懦弱下作了呢？

逼到巴拉丹身边的野狼好像个个都在琢磨如何处置眼前这块活肉似的，有的伸出大红舌头舔着嘴，有的张大嘴露出獠牙急不可耐地打哈欠。

先是为众公狼领头的细条母狼走过来，闻了闻巴拉丹下风头的气味，然后转过去似乎对身后的公狼们招呼声“你们等着，让我来收拾他”，瞅一瞅闻一闻地朝他逼近。

完啦。它是来咬断我的喉咙，撕开我胸膛的。巴拉丹缩作一团，护着喉咙，紧闭双眼。

母狼频频嗅着巴拉丹，似乎在鉴别这块肉是否能吃，最后好像有了主意，干脆挨着他蹲下，继续观察他的反应。

许久了，恐惧得差点拉裤子的巴拉丹觉得奇怪，微微半睁眼看了一下。天哪，他看见身边这只母狼不是通常的两个耳朵，而是四只耳朵。他越发心惊肉跳起来。怪！这是什么狼？他这一辈子不知杀过多少只狼，甭说是四只耳朵的，就是三只耳朵的也未曾见过啊。可如今我竟成了四耳母狼的美餐！不过倒也是，谁听说过两只耳朵的狼吃过人呢？现在看来吃掉瘸子海达布的可能也是这种四耳狼啦……

后边并排立着的公狼们已经有些不耐烦了。有只高大的长鬃公狼走出队列，先缓后快最后箭一般地扑了过来。吃我的到底还是两耳狼而不是四耳狼，巴拉丹想道。可四耳狼却不答应，迅速向长鬃迎了过去，厮打一阵后将它击退。于是在长鬃狼后头跃跃欲试的其他公狼也都打住，垂涎舐腮，无可奈何地瞅着四耳狼的神色。

此时，本来已吓得半死的巴拉丹因见长鬃狼雄狮猛虎般地扑来，只觉肝胆破裂，头一沉，不省人事了。

5

天色渐晚。

阴森森的天开始落下一两片雪花。昏暗中，远处的影子泛着白光。

山谷里，守候巴拉丹的狼群依然喧嚣着，大有不达目的决不罢休的阵势。

该吃这块到嘴边的活肉了吧！公狼们似乎都在表达对四耳狼的不满，有的焦躁地在雪地上打滚，有的在发馋地伸着懒腰，也有的因饥饿表示抗议，暴怒地向身后刨土。

假如不是遇上发情期，公狼们才不会让四耳狼管束得如此服服帖帖。然而恰恰在这欲火旺盛的节令里，母狼才有这种支配一切的机遇。假如这时母狼利益受到侵犯、生命受到威胁，那么所有公狼都会毫不保留地豁出命来报复和进攻。所以此刻跟随四耳狼的公狼们都怕被它嫌弃而不让接近，都不敢违背四耳狼的意志去进攻巴拉丹。

巴拉丹苏醒过来。他听到了狼群的叫嚣声和折腾声。当他睁眼看见身边黑压压的狼群，才猛然想起刚才的情景，突然意识到四耳狼毫不留情地击退扑向他的公狼，而自己又不急于下手，是在故意折磨他……好狠毒的家伙！见我已毫无招架之力，自己不咬死我，也不让公狼们靠近我，是成心要在咬断我喉咙撕开我胸膛之前非把我折腾够不可哩。噢，难道是瞎子嘎拉桑和瘸子海达布的死魂附在这四耳狼身上，来故意取笑我吗？

巴拉丹的思绪漫无边际地跳跃着，忽然想起一个遥远的事情：他用喂奶器喂养三只小狼崽儿的第三天头上，有一只小母狼崽儿发病要死了。到手的三百块钱哪，怎能让一阵风吹走了呢？在焦急之中他用杭日娃做衣服的剪子从上到下地剪开了小母狼崽儿的两耳，放掉了坏血才治好……呦，莫非这四耳狼就是那年杭日娃女人放生的小狼不成？那是……一、二、三……五年前的事了。真有灵性，五年了还能闻出我身上的气味儿……倏地一股热流通遍了他的全身。瞅着守护在他身边警觉地防备公狼们袭击的四耳狼，他的眼里盈满了泪水，刹那间陷入了深深的懊悔之中。

……我明白了。你是念我的好处，念我那点表面的喂养你的好处，并把它当成大恩大德，才这样做哩。唉，多傻呦！难道我是疼爱你，才喂养你的吗？你至今还不知道我曾在心里想的和背地里干的哩。为了把你从温暖的母怀里夺过来，我曾荷枪实弹地埋伏在离洞口不远的岩石后头整整等候了半天。当你娘出外找食奔波了半天，挺着发胀的乳房小跑着回来要哺乳你们的时候，我便迎头一枪打死了它。猎人猎狼，一为狼皮二为狼心。可那个季节狼皮已无毛没用了，可是狼心是治疗心脏病的良药，而且男人吃了狼心可壮胆壮骨增添男子汉气质，所以我掏走了你娘的心。把你们抱到家里喂养，本来是想用你们换几百块钱，后来因买狼人杳无音讯，才又决定把你们杀了卖狼皮。好在好心的杭日娃女人把你们放生了，要不然再过一天，我就把你们宰了扒皮了，要知道我已把刀子磨锋利了……

瞅着四耳狼，巴拉丹的心里很不是滋味儿，胸腔里有个冰冷的铁巴掌在紧捏他的心，从那心里捏出的悔恨的老泪模糊了他的视线。顷刻间那铁巴掌捏出来的泪水似乎有了巨大的魔力，将狩猎人天生的贪婪和残忍洗涤一净，令那巴拉丹转眼变成了人间少有的慈悲之人。

……我是个什么东西？现在才知道，人，实在是个没意思的东西。苍天之下大地之上所有生灵，都有权在所在的那片空间里按照自己的规律生息繁衍。然而人，从古至今只要听说是“狼”，便恨得咬牙，甚至把人的恶劣行为也用狼来作比喻。其实人的某些行为比狼更狠毒，更残忍，更张牙舞爪。难道人们不能把对狼的积怨深仇转移到那些涂炭生灵的人身上吗？

具有同一生存环境的狼与人，为了各自的生存，都同样去侵害别的生灵。不过狼只要吃饱了肚子，就不再去贪食。可是人吃饱了肚子，还要贪得无厌地去积攒，乃至把狼的食源也杀绝荡尽，不留一丝繁殖的机会，然后还说“狼是天敌”。看来某些极端自私和贪得无厌的文明人，在维持生态平衡方面，似乎还不如四条腿的野生的狼。狼为了小狼崽儿的平安，在哺乳期内绝不会去骚扰和加害周围的野生和牲畜。每年阴历五月中旬，当人们组织围猎捕狼时，母狼把正在哺乳的小狼崽儿装入事先准备好的牛羊肚子内，然后驮在背上天不亮就躲入偏远深山老林之中。狼的承受力和忍耐力也是惊人的，即使被抢了食源，被猎杀了骨肉，也会为了日后的长期生存，不轻易与人为敌，图谋报复。

歪手巴拉丹伤心地痛哭着。从他心里流出来的老泪沿着褶皱纵横的脸颊，一滴滴地落在穿在身上的白茬皮袍的袍襟上。说实话，自从他懂事起真还没有这样哭过。可是这会儿在这白雪皑皑的荒山峡谷里的黄昏中，面对守护他的四耳狼，他竟抑制不住自己大声地恸哭起来。

听了巴拉丹那一声声悲痛欲绝的恸哭，一直蹲着的四耳狼站了起来，轻轻走到公狼们的跟前似乎是耳语什么，然后伸腰发出一声长长的哀鸣。

“我们不能只看到眼前鼻子底下的一点利益。”巴拉丹哭了一阵子，不由想起一位到草原来旅游的曾到国外深造过的学者的话，“从生态平衡角度讲，狩猎最危害人类自己。尤其是在草原上，猎狼绝对是错误的。狼为机警之师。没有狼，马群和牲畜都将变得迟滞、怠惰和没有精神……”这是一句我闻所未闻的话，可惜我把他的话当成耳旁风。现在想起来，这是一句至理名言。唉，能有几人懂得大千世界上的生灵万物相互依存的千丝万缕的联系呢？不过我开始明白了狼不是人类的天敌这个简单的道理。在这片土地上，最危险的敌人不是狼，而是像瞎子嘎拉桑、瘸子海达布和我歪手巴拉丹这样终身以杀生为业的猎人。啊，我真不知羞耻，曾大言不惭地自吹是家乡的最后一位猎人哩！瞎子嘎拉桑和瘸子海达布的确是该死，他们死有余辜。杀生不正，装满的孽囊终究要爆炸哩。而杭日娃女人才是个善良的人，她不知多少次地规劝我，不要去狩猎，不要去杀生作孽。她说的跟那位学者说的都是一个意思。

歪手巴拉丹在悲悔与悲伤中怔怔地看着周围的荒山。那嶙峋重叠的奇山异峰犹如一只只怒吼的雄狮猛虎，朝他射来冰冷的目光；那犬牙交错的悬崖峭壁，又似乎是一只只哀怨的岩羊、盘羊和扁角羊，令人爱怜和痛惜……是啊，对这里的每一只生灵我都欠有血债。绝种的，自然要愤恨；稀少了的，自然要哀怨。在这片土地上我所犯下的罪孽，比瞎子嘎拉桑和瘸子海达布只多而不少，如果再加上父亲、祖父、曾祖父……积下的罪孽，将比狮子山还要高，比黄羊滩还要大啊。自古以来都说孽数有头，我这是该到头了啊！我该怎样忏悔和偿还对这片土地、对这片大自然所犯下的罪孽和所欠下的血债呢？实在是应该让世人都明白，同时也应该为后人敲响警钟，假如今后有谁玷污这片土地，肆无忌惮地毁灭这片土地上生存的一切，最终就会像瞎子嘎拉桑、瘸子海达布和歪手巴拉丹那样，断子绝孙，死无葬身之地！

歪手巴拉丹不再哭了。看着守护他的四耳母狼，他的心里一阵酸似一阵，一阵痛似一阵，也一阵热似一阵。

喔，我的四耳狼啊！你让我明白了在尘世混了六十年都没能明白的最最深刻的道理。在这个五彩缤纷且又布满雾霭的世界里，我这个至今还没有放下猎枪的猎人已无任何牵挂，也无任何留恋。纯真无邪的杭日娃女人已经一去不复返。如果那次我不是因为小狼的事而变脸，她是不会走的……他瞅着一步之遥的四耳母狼，却看到了年轻时妩媚动人的杭日娃女人……冬日寒风凛冽的夜晚，温柔而迷人的杭日娃女人撩起散发着体温的热被窝，用她那柔软的双手替他轻轻挠着发痒的后背，让他领略着爱的享受和女人的美妙……

原载《花的原野》杂志1997年第6期
译文发表于1998年《民族文学》杂志

会笑的绵羊

哈日贵 著

莫·呼和乎 译

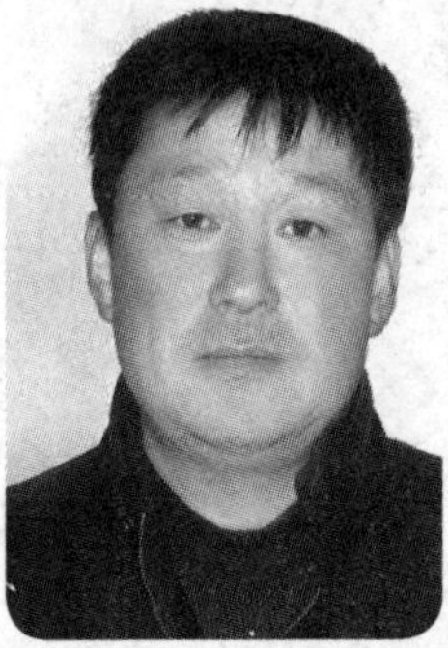

哈日贵

本名乌力吉白乙拉，男，蒙古族，1966年生。内蒙古作家协会会员。自1997年开始在《花的原野》《鸿嘎鲁》《哲理木文艺》等报刊发表诗歌、小说等文学作品，计二百余万字。出版小说集《盲鼠的土堆》《迁徙的尘埃》《善心的小偷》。短篇小说《会笑的绵羊》荣获内蒙古自治区文学创作“索龙嘎”奖。

莫·呼和乎

本名梁青龙，蒙古族，出生于哲里木盟奈曼旗治安镇东湖四台嘎查。蒙汉双语作家。内蒙古作家协会、内蒙古翻译家协会会员。荣获过内蒙古自治区“五个一工程”奖、内蒙古自治区学习使用蒙古语文先进个人奖。在国内蒙汉文各大报刊发表数千篇诗歌、散文、文学评论、小小说、译文等。

好像屎壳郎的节日，不知从哪儿聚集了这么多屎壳郎！今天他那灰白懒马的肚子鼓得像原先大队的牛皮大鼓，响屁不断的同时掉落一堆绿粪蛋，那些屎壳郎就如哄抢金银财宝似的，乱哄哄地飞落在马粪蛋子上，密密麻麻乱成一团。它们的嗅觉灵得真叫绝，的确不可思议，或者听觉或视觉超凡。总之马粪蛋一冒出马屁股，它们就从四面八方围攻过来，无声地混战在马粪堆里。眨眼工夫它们钻进粪蛋子里，解体的湿马粪蛋子就像开锅的水冒泡似的涌动开来。再眨眼的时候就已经变成了一个一个粪团滚向四面八方。这时你才观察到它们像新婚的年轻夫妇，一双一双结成对子，倒立滚球，一个在前面引力，一个在后面推球，草丛中迅速各奔前程，瞬间消失在田野里。马粪堆里只剩下那些未被消化的草渣滓，烈日照耀下，瞬间被烘干，变成草灰。

“巴乐长”[①]实在没什么可娱乐的热闹事，就这样观赏一次屎壳郎的纷争陆战，瞬间消失得无影无踪后，好像心里私生一些愤恨，顺口骂了一句：“真是一些吃货！”绵羊群在河湾处被拴住了似的拼命吃草。忙给尔吐坡下冲天矗立的、如超高高射炮似的

---

① 巴乐长：“巴乐”为本文主人公占巴拉的昵称。“巴乐长”是占巴拉的绰号。

庞然大烟囱，像江格尔[①]传奇故事里的魑魅出没，冒出浓浓的烟雾。一个冒着黑烟，好像乌龙遮天；另一个却冒出白烟，好像白龙吞世。黑白分明的勾勒出天界人间的苍茫视野。为什么双胞胎似的两个庞然大烟囱冒出的浓烟却黑白分明，每天观望的他怎么都琢磨不出什么名堂。烧的应该都是煤炭之类，好像性格相异的邻里两家媳妇在烧火，一个性格急躁，经验不足，用柴火胡乱挤满灶膛，别说烟囱，连家里都冒出黑烟乌烟瘴气；另一个却不慌不忙，烧柴有方，灶膛里的几个牛粪蛋通红火旺，火力十足，烟囱中冒着白烟。巴乐长想起最初见这情景时，自己可笑的想象力：这么庞然大烟囱下面应该有比他雇主那五间土房还要大的庞然大锅在开锅，里面煮的应该是几万人吃的饭菜……想起饭菜，他马上感觉到早上吃的半碗饭早已消化干净，此刻脾胃打架，饿意涌心。当然，巴乐长早知道那里煮的不是饭菜。他已经去过那里许多次，知道一个是铝厂，另一个是碳厂，现在可以经常进院子里游逛。第一次去的时候看门的黄脸老汉死活不让进，说是闲人免进，他理解为没什么瓜葛的就不让进。由此他想起了他外甥就在这里工作，便说："我外甥在里面，我找他，非进不可。"说着硬往里闯。

黄脸老汉问："你外甥叫什么名字？"

"扎尔！"

看样子老汉比他大不了几岁，瘪嘴的黄脸老汉在职工表里来来回回顺次查找一阵子，终于找到"扎尔"二字，有些茫然。

"我没撒谎吧？"

"你的名字叫什么？"

---

① 江格尔：蒙古族卫拉特部英雄史诗。蒙古语意为"圣主"或"强者"。叙述以江格尔为首的十二名英雄率六千勇士，抗击入侵之敌，收服众多部落，建立起强盛国家的故事。语言优美，风格粗犷，具有蒙古族说唱艺术的特点。

“我叫巴乐长。”

看门老汉定睛看他风吹日晒的黑脸，心想“大不了也就是个小组长罢了”。可能大小也是个“长”之缘故吧，所以给了点面子，说：“你坐一会儿，我去叫他。”“不必了，我没什么事，随便转悠转悠。”

巴乐长之后去了几回，黄脸老汉熟悉了他，知道他是离这里偏东不远处高坡下人家的羊倌儿，便常笑话他的“长”：“喂，羊群‘长’，把绵羊拉过来一个，我俩坐羊乌查[①]，日夜欢乐欢乐嘛。歌女多的是。城里的小姐一个电话就喜笑颜开地给你跑过来的。”

巴乐长回敬道：“黄脸婆不地道，黄臭蒿冒烂谣，你老汉家膝盖和下颚都快打架了还想泡妞呀？有兴你抱进你的被窝儿里胡搞去吧！”

“嗨！我是为你着想啊，你是无妻无子的奇缺光棍儿，把你成千上万的液体子女都憋死在裤裆里，不是纯属罪过吗？”

“我儿子都十岁了，谁说我无子女呀？”

“呸！吹牛吹在裤裆里，连儿子的母亲都没找见，哪儿来的儿子？”

两个人见了面就唱起类似的二人台消磨日头。羊“长”门“长”能有什么着急忙活的事呢？赶着日头过便是。巴乐长真名叫占巴拉，被乌日图巴依尔雇佣，放牧羊群已有几年。这位乌日图巴依尔可是个智囊疙瘩，更是忽悠使唤人的行家。他给占巴拉戴高帽子，一口一个“我的巴乐长”。一被叫“长”，占巴拉就蠢劲发作，比乌日图巴依尔的儿子还殷勤，跑前跑后乐颠颠的。

想当初，占巴拉三十大几还是紧抱自己大腿的光棍儿一个。

---

① 羊乌查：羊背子。

从小孤儿长大的他，身体也可能留有缺陷。除了见人就傻笑外，别无能耐，由此人们认为他的智力可能有些问题。成了精的那些远近的姑娘们，望见他便躲得远远的，瞧都不瞧一眼。加上没人想着为他找媳妇，他自己也好像没想过要娶什么媳妇儿。他唯一感兴趣的就是听故事。尤其听起唐书五传以及《青史演义》等胡仁乌力格尔[①]，他就连吃喝都可以抛在脑后。他有一个上海制造的半导体收音机，好像是垃圾堆里捡来的，外壳儿破烂不堪，打开后“吱吱啦啦”杂音喧天，什么都听不清。可他就能放在膝盖上听得入神入迷，似乎都听得清清楚楚。到野外放羊时，哼着胡仁乌力格尔，满是潇洒。他会做的活儿只是跟上羊屁股，挨家挨户被使唤着填饱肚子。真乃随叫随到地当上了全村人的奴才。有一次，使唤他的主人家可怜他的处境，答应帮他成家，给他找了一个当地三十多岁的寡妇为妻。听说该寡妇和前夫生有一男孩儿，孩子被离异的前夫带走了。管他什么剩饭寡妇，只要是个女的就行。三十出头的弱智光棍肯定踹不出挑三拣四的鬼胎，而且这位寡妇看起来应该是老实巴交的顺从之辈。她没问占巴拉娶没娶过、生活状况，好像是个男的便行，所以一说即成，满口答应了。洞房夜，未曾亲近过女人的占巴拉无所事事似的畏畏缩缩，没有动静。急不可耐的妻子彻底脱了个精光，像美蛇入洞，滑溜溜地钻进占巴拉的被窝。占巴拉没做出馋猫觅食的动作，反而伸手找开了他的手电筒。

妻子稀奇地问：“要干什么？”

“我想看看。”

“想看什么？我也不是十八岁的处女。”

“那我摸摸看看。”

---

① 胡仁乌力格尔：蒙古族说唱艺术，拉马头琴或四胡伴奏。类似汉族的说书。

妻子扭扭捏捏，做出了一些不愿意的动作，但也没有反抗。两条大腿夹呀掩呀的躲闪反而起了挑逗作用，占巴拉的手不由自主地往那私处胡乱奔个不停，女人像发情的母狼哼哼低吟：“快点上来！”占巴拉捣鼓了半天满身汗淋却也没闹出什么进展，最后落汤鸡般滚落下来。女人大为败兴：“你是否有病呀？”

占巴拉说：“小时候得过麻疹外再没病过呀。”

占巴拉没注意到，那女人一夜没合眼，不时地怅怅叹气躺到黎明，他却以为娶老婆可能都是这样，把女子抱得紧紧的熟睡了一整夜。挡不住还梦见胖胖的牛犊——儿子……

十几天后，雇主发现只有占巴拉进进出出，忙里忙外，却看不见新娘的踪影。想起最初一两天还见她抱柴倒垃圾的，近几天咋不见人影呢？虽然茫然也没去问。又过了几天仍然不见踪影，才起了疑心。

“占巴拉你该不是把你的媳妇锁在佛龛里供起来了吧？咋不见人了呢？”

占巴拉听到雇主的喊声茫然搔首，依然傻笑着说：“她走了！”

“喂！怎么回事吗？”

“我也不知道。”

喳，无聊尽了！好不容易找来一个媳妇也跑丢了。哪儿有一个月不到就晃屁股走失的媳妇？肯定这占巴拉有问题！大家七嘴八舌议论纷纷，最后都添鬃加尾，涂了颜色的笑话沸沸扬扬。

“三十出头都没结婚的占巴拉见到女子情欲大发，日夜威猛无度，女子实在受不了，偷着跑了！”

“可别说了，听说我们那位光棍儿，一见女人一紧张，他那东西软囊泡尿，死活不挺。狼狈了，狼狈了。”

怜惜占巴拉的雇主心下不忍，心想，本来就是我给张罗的，可不能半途而废，咋也探出个究竟。于是便去找那位女子。

“咋了？他占巴拉打骂你了？还是……”

女子耷拉着头不做声，再三追问，女子红着脸抹着眼泪跑出了家。雇主丈二和尚摸不着头脑，很是纳闷儿。半路上笑话自己：“我这不是夫妻间耷拉的毛驴耳朵吗？”收回了心思，不再过问。但是从那不久，占巴拉的羊群就出现了缺员的怪事。有的说：“一日夫妻百日恩，可能占巴拉偷偷送给他那一夜老婆了吧？”丢也罢给也罢，羊少了就得赔偿是天经地义的。可是唯有的那个东西都是废的，要他的什么呢？所以雇主扣留工钱后便解雇了他。丢了活计，愁眉苦脸的时候，占巴拉遇到了回娘家的莫德格。莫德格返回时，顺便将他带回家，就这样成了乌日图巴依尔的羊“长”。

占巴拉摘掉灰白懒马的笼头，被放开的马向着河湾小跑而去。占巴拉也朝铝厂走去。懒马有它的好处，吃饱肚子就自然回家，都已习惯了。说实话，现在除了河湾，也的确没有可去的地方了。说是占巴拉骑这匹马，不如说占巴拉侍奉这匹马。偶尔羊群跑到河对岸，想占便宜吃人家庄稼和蔬菜而排队奔忙时，他不得不骑上这匹马追赶羊群，其他时候除了侍奉再没有差事。他常说：“骑它催呀抽呀的，还不如劳驾自己的两条腿！”马也通了主人的性子，摇首摆尾，不好好快跑。实在着急了，用缰绳抽它几下才叭噔叭噔地跳跃几下，接着就上气不接下气地彻底站住了。十几岁的老慧货比他主人奸诈多了。鞴鞍拉肚带时它就给你鼓起肚子憋足丹田气。人一松手它也跟着松气，肚带就晃荡开了。“这屄包比我都慧，要成精呀！”虽然嘴上骂着，他却不会惩罚它。乌日图巴依尔和莫德格告诫说：“你再乱放开你的马，那些工厂、工地或农舍的馋鬼们什么时候嘴馋了，就偷偷给你杀了，吃掉。”

“你们别小瞧它为牲口，慧夙，可比我奸诈多了，它才不会束手待擒。”说实话那匹马的确精得很，除了占巴拉谁都别想擒住它。可乌日图巴依尔却不像占巴拉，他除了出去撒尿不动车外，其他时候就和小车一起生下来似的，寸步不离他那个“屎壳郎”。

门长早就看到了占巴拉磨磨蹭蹭地从远处走过来，便损他：“巴乐长要来视察工作呀？”走得满身大汗的占巴拉用衣袖擦一把汗便说：“渴得内脏都着火了，你们的凉水在哪儿？”

“你不是说我们这里的水有毒吗？”

“不是有毒怎么着？你没看见我外甥扎尔缩成那样，瘦得没人样了吗？年轻人哪有那样的？”

“你外甥这两天没来上班。听胡日乐陶高说他肚子疼得屁股漏油水了。”

“胡日乐陶高是谁？”

“和你外甥一个宿舍的，那个高个儿黑小子都不认识？”

“本来身体不怎么样，现在都漏油水了能好过吗？也许都起不来了吧？我必须去看看了！”占巴拉边说着，边咕嘟咕嘟喝完两马勺凉水，走开了。

刮着飕飕西北风的早晨，占巴拉刚想打开羊圈门赶出羊群时，乌日图巴依尔开车过来说：“我的巴乐长，今天家里要来客呀，你把那个黑头黑脖子的羯绵羊抓住拴好了。”

从要把羊群里最好的羯羊都豁出去的架势来看，要来的客人应该是非凡人物。占巴拉进圈抓住了那只黑头黑脖子的大羯子绵羊，虽然还不到秋天上油膘的时候，腰背也都方方展展的已上足了水膘。要将他掌舵的羊群里最好的羯绵羊杀了吃，占巴拉真是舍不得，便说：“那个苍灰毛的山羊上膘比这个都好！”羊群里有只大个头苍灰毛的山羊，傲慢于它那两只大长角，成天在群里到处顶撞挑事，惹得占巴拉极为不满，他骂它为“畜瘟”，它却不瘟死反而越闹越壮，顶撞挑事更为疯狂。所以借此机会想把它送上断头台。

乌日图巴依尔却说：“知道绵羊已上膘，那扎木苏慧蛋儿领他们局里的下属们要过来吃肉了。他们每年吃惯了不算，还吃出了味道，嘴肥得了不得了，知道了是山羊，他那张阔脸准犯愁，下巴上面的那个横条条就会大大撇开，瞧不起了。”我以为什么贵客临门？结果是他那掌管旅游局的同学扎木苏领他那一帮轮轴相连的手下们要过来呀？现在这个世道只要是同学就比他爹都亲了。要是他爹过来他肯定不会杀羊款待。鬼知道，要喂那些饿狼，可惜了我的老大绵羊呀！占巴拉虽然这样想，还是把那黑头黑脖子的大羯子绵羊抓住拴在圈柱上，然后赶出羊群，准备跟群上山。这时，乌日图巴依尔叫住他：“他舅给拉断羊主动脉，皮我自己张罗吧。”

占巴拉把绵羊拉过来，四蹄朝天，乌日图巴依尔给拉开两条前腿。绵羊这个动物是怪可怜的。蒙古族民间传说，要开膛拉断主动脉时，绵羊安安详详望着主人，想着“主人在跟我开玩笑”，由此不做声不蹬腿。若是山羊的话，会乱叫乱蹬死不瞑目。由此蒙古族敬重绵羊，招待贵宾时的全羊和羊背子等都用绵羊的，并且尊称绵羊为“有毛皮的佛陀”。占巴拉拉断主动脉的过程中，嘴里一直反复嘟哝：“可惜的绵羊，可惜的绵羊。”乌日图巴依尔好像没听见，把住绵羊的四条腿往上提空，羊背朝下往地上狠狠地摔了一下，羊因此最后毙命，四条腿蹬了几下子不动弹了。

占巴拉往羊群方向没走几步，莫德格从后面喊话：“他舅巴乐长！羊群吃草稳定了就回来给我帮忙！”

他们杀完羊这工夫，羊群已走了很远，占巴拉磨蹭着跟上去时，已经过了河床朝前骚动着。他看到领着群羊得意洋洋朝前走的苍灰毛山羊，气急败坏地骂出声来："嗨嘚！该死的破畜瘟！"再稍迟片刻就到了人家的菜地了。过去这些地方没有农田，可称得上一望无际草浪滚滚的草甸子，羊群进去后只能到了近处才看得到摇摆的草头，根本看不到羊群。开矿建城以来人口逐渐增多，开垦的农民随之过来，这边挖壕，那边拉网围栏地折腾开了。经历了几年风风雨雨后，这些壕呀网呀的破烂不堪，出了很多缺缺口口，也就挡不住畜群了。如此一来，只要畜群入农田，抓住了就跟主人索要赔偿。有的还干脆抡起刀斧砍腿刨肚，常有牲畜见血或毙命。由此这里农牧民的矛盾激化，吵架打架等日益增多，诉讼官司连续不断，安居乐业就无从谈起了。

占巴拉把羊群赶回河湾稳住，可那只山羊还是不死心，惦记农田，朝着农田咩咩叫。占巴拉看到后心涌憎恨，骂道："破瘟疫！你好好伸长你那狗日的瘟疫头，有朝一日你那狠心的爹们娘们会剥掉你那张苍灰毛的皮。"然后把鞭子举得高高的，那山羊看到举高的鞭子，马上就钻进羊群中间装模作样地吃草。说起来也没法子，干旱严重，草场退化，加上地域缩小，从哪个方面看都大不如以前了。工厂、矿场黑魔般的浓烟和尘埃更是到处张狂，草木都失去了绿色，牛羊都嫌弃得没有了胃口，变成了狗都不撒尿的地方了。有智慧的人类都惦记着好吃的，更何况是牲口了。"这破畜瘟虽然是个害群之马，也够聪明的了。上次独个儿进人家农田偷吃豆角后偷偷溜出来的，肯定是这苍灰毛的慧尿。不过有朝一日被抓住就没它的好事。"占巴拉虽然为山羊上火，却也从心底萌生出点怜悯。过去畜群若不听话时他就气愤地大骂："该死的狼食。"这是他知道的唯一最狠的咒骂。因为那时候畜群最大的敌人就是狼群。稍不留神，通过壕沟窥伺的狼就悄悄地爬过来，给你刨开了羊肚子。并且狼这个野尿有它"要吃一个就可饱，要为名誉就得扫”的野性子，它可不是给你刨一个羊肚子就算了，非给你刨开一溜溜羊肚子才罢休。现在天狗[①]虽然消失了，反而更不能安心，更大的祸患随之而来。

黑头黑脖子的大羯子绵羊不见了，羊群也好像少了很多似的，一眼望去缺了什么。对胡仁乌力格尔故事入迷的占巴拉，将羊群里黑头紫头两只绵羯子羊封为大将军。因为羔羊时是用哺乳器喂养大的，由此习惯了开门时就跑进屋里来，把剩饭、茶叶渣等抢吃个精光已是司空见惯了。一到野外就像期待糖块儿糕点的孩童，围绕占巴拉嗅嗅衣裤啃扯腰带闹个不停。现在黑头就要喂进那个扎木苏恶棍的大馋嘴，心里觉着百般不舍。占巴拉的确很不喜欢掌控旅游局的乌日图巴依尔那位同学。视他为眨巴茄皮眼不是什么好东西，是从去年夏天的那件事情引起的。

去年夏季的一天，乌日图巴依尔突然说同学要来，要杀羊招待，热火朝天地忙活起来。小晌时分，一个“屎壳郎”车爬了过来，吱一声放出它的气屁，颠了一下，停在了门口。车上下来几个人，从副驾驶那扇门下来的是一个啤酒肚子、胖脸扩张到眼睛成了两条缝的人，他就是乌日图巴依尔的同学扎木苏。憋气哼声地下来后，热情洋溢地拍了拍乌日图巴依尔的肩膀，走到莫德格跟前摸摸胸前，淫荡地笑着说：“这次是专门来看我嫂子，嫂子嫂子现成便饭，真的那么便利吗？”然后不时回头淫笑着进了屋。当天酒席唱歌划拳之类的持续到很晚。

那天占巴拉边放羊边帮着做家务，家与羊群之间来回跑得累成烂泥，早早入睡了。夜间他屋门突然响了一声，他被惊醒了，抬头看去，有个人悄悄溜进来，走到他马鞍子后面蹲下藏起来。

占巴拉低声问：“谁？”

---

① 天狗：狼。

“他舅啊，是我。”

听出了是莫德格畏惧的声音，占巴拉摸不着头脑，茫然间门外响起一个人的脚步声，低声唤着：“嫂子，嫂子！”原来在找莫德格，但莫德格没回应，原地蹲着一动不动。脚步声渐渐远去后莫德格才慢慢起身，叹气说声：“哎哟，心都差点跳出嘴来了！”

占巴拉还是摸不着头脑，便问：“你们这是像孩子们似的在捉迷藏吗？”

莫德格说：“我老公那个同学喝醉了，跟我拉扯着不放过。”

占巴拉：“嗨！光屁股一起长大的朋友嘛，高兴了可能多喝了几杯吧。我出去看看吧。”说着便披上衣服出去了。

他向乌日图巴依尔家没走二十步，突然一个人从后面紧紧抱住他，酒味儿熏天地低声献亲热：“嫂子为什么要躲避我跑呢？”

占巴拉着急道：“喂，后生啊，这是要干什么？”

那人知道不是莫德格后，气羞交加地喊道：“你是谁？”

乌日图巴依尔听到动静走了出来，问：“老扎躲了酒桌跑哪里去了？进屋，进屋。他是我家羊倌儿。”

见到乌日图巴依尔，扎木苏就站不稳似的摇晃起来：“羊倌儿？我以为是小偷了。”说完便让乌日图巴依尔扶着进屋去了。

这个乌日图巴依尔也是个怪人，平时都叫巴乐长巴乐长的，今天见到他当官的同学就叫我“羊倌儿”了。五花世界，八门心态，真的如此悲凉吗？更看那扎木苏，刚进来时还算摆出了点官场的风度，喝了几两火尿，杂碎烧开了就追赶人家老婆胡闹起来了！还骂我是小偷儿，自己趁黑夜偷摸追赶人家老婆那叫大偷儿还是小偷儿？他厌恶地转过身往自己住的厢房走去，刚走几步莫德格便过来说：“他舅回去休息吧，我没事了。”

从那以后，扎木苏就像他羊群里的苍灰毛山羊，想起来就让人厌恶。占巴拉稳住羊群回来时，乌日图巴依尔已剥完羊皮，正在解割四腿。莫德格清理杂碎，忙活的同时还不闲嘴："学校这星期的放假时间到了，下午去把孩子们接过来，可怜的孩子们吃不上肉，肯定嘴馋得厉害了吧？"

"孩子们来的时候到了？"占巴拉也喜出望外道，"你去把孩子们接过来吧，剩下的我来收拾。"说着便去拿了乌日图巴依尔手里的刀割解开来。本来懒得不想做的乌日图巴依尔有了这个好借口，钻进铁皮"屎壳郎"，向矿业城奔去。

莫德格与乌日图巴依尔有谁看到谁都心疼的两个孩子，大的是叫塔拉的大脑袋儿子，小的是叫瑙甘的眼睛会说话的可爱小姑娘。他们都在矿业城里的小学读书。可是矿业城里只有一所蒙古族中学，没有相应的小学，所以两个孩子读的是汉校，回家里说的都是汉语，孩子的母亲听不懂颇感为难，乌日图巴依尔却高兴地夸赞："我的孩子真棒！"莫德格不愿意让孩子读汉校，常说："就算没有文化，我也不愿意让孩子变成汉语通。"乌日图巴依尔就骂妻子："闭塞货，当今社会不懂汉语，一出门就像你一样成了会说人话的哑巴，你不懂就夹着你那有牙的缝，悄悄的。"

两个孩子也像那用哺乳器喂养大的两只绵羊羔似的，一回来就"巴乐那嘎其[①]，巴乐那嘎其"地叫着，成天围绕占巴拉转悠。占巴拉也格外喜欢两个孩子。有一次占巴拉拉起胡琴，给他们俩说书，很起劲地讲述两员大将交战的你死我活的场景，正在风风火火的时候，两个孩子叫停了："我们听不懂，你用汉语讲述！"

连自己的名字都用汉语说不准的占巴拉道："那嘎其不会说汉语这咋办呀？"

---

① 那嘎其：舅舅。

两个孩子就催他："那就讲讲鬼故事吧！"

……占巴拉帮着莫德格灌羊肠子的时候，羊群又朝西拉开了。占巴拉马上跑过去赶回来，让羊群稳在忙给尔吐坡底下。从坡上望去，乌日图巴依尔接回两个孩子不久，扎木苏的"屎壳郎"就来到他们门前停下。明摆着，这时他们已就位，围绕大羊背子而坐，喝酒嬉闹的幸福时刻已经开场。可这次他们没恋战到午夜，偏西的太阳离坡顶还有一丈多高的时候，就开着"屎壳郎"到了坡下面，好像寻找丢失的什么似的来回转悠了好大一会儿，太阳快落山的时候才上大马路飞奔而去。占巴拉赶着羊群回来时，两个孩子看见了就跑过来，平常像两只小燕子叽叽喳喳说个不停的他们，今天不知怎地，四只眼睛瞪得大大的一言不发。

占巴拉奇怪道："你俩咋啦？考试烤煳了？还是你们爹妈打骂你们了？"

两个孩子摇着头："巴乐舅舅，妈妈一直在哭，有一阵子了！"

占巴拉说："喂！不是一直叫的那嘎其吗？今天咋又改叫舅舅了？"

被问住后两个孩子才吞吞吐吐地回叫"巴乐那嘎其"。占巴拉长叹一口气："唉！这个乌日图巴依尔，这样下去怎么得了？你妈为什么哭呀？"

两个孩子吞吞吐吐还是没说出什么名堂。

占巴拉进他们家时，莫德格已哭得眼睛都肿起来了。好像乌日图巴依尔跟上扎木苏去了。这次扎木苏这匹旅游饿狼不只是来吃羊，另打的算盘是想把今天放羊的那个高坡改变为旅游景点。

占巴拉："那，乌日图巴依尔的意思呢？"

"他就跟着扎木苏招风呗，我说的话，他耳叶上都沾不上了！"

“我早不是说过了吗？那个扎木苏不是什么好粪蛋子！把高坡改变成旅游景点了，那你们的羊群放到哪里去呢？不是要财散人穷吗！”

“我说了，要卖掉那高坡我们就失去了生活来源，可他就是听不进去。说是在矿业城买一套住宅楼，过上城市生活就算了，为了畜群呀草场呀的绞尽脑汁，受苦耐劳有什么奔头？就跟上那扎木苏招风去了！”

“唉！这乌日图巴依尔和那扎木苏轮轴相连，就差穿一条裤子了。好好的生活就要被他挥霍了呀！”

“他去就去，一个人住他的高楼，我领着两个孩子，不离这个家！”

高坡的背面就是耸立的宝木巴图山，坡下是潺潺流淌的忙给尔吐河，的确是个“靠山望水”景色秀丽的风水宝地。不远几十里地就是矿业城，西面不远处是柏油马路，交通也便利。扎木苏已经看到，要是在这里建立旅游景点，地利人和，金山银山就乖溜溜地滚落过来。因此眼红心歹地利用了从小一起长大的同学之懒惰性子，连老婆都差点没放过。

扎木苏按照和乌日图巴依尔定好的协议，在高坡上开工建立起旅游景点。先拉上网围栏，挡住了人畜走动，还插上了很多彩旗等。不几天拉来几大车货物，十来个人忙活了几天，落成了两顶蒙古包。远处看上去的确是个洁白漂亮的蒙古包。第二天占巴拉把羊群赶到旁边，稳住后便走进蒙古包，胖胖的两个男子坐在里面守着蒙古包。观察屋内哈那、椽条、天窗等，都用铁管子做成后上了紫红漆，盖布都是白苫布。

活了几十年，占巴拉就没见过用钢管儿做成的蒙古包，心里萌生些不祥感，便问那守护的二位：“蒙古人习俗里视为不祥，蒙古包的结构里忌讳用铁类，现在咋都用铁做成了？”

其中一个反问：“旧时的蒙古包我是没见过，和这个一样吗？”

“样式基本相似，可简略得多了，和这个不一样！”

另一个胖子问：“听说你们这里蘑菇挺多，真的吗？”

“现在没到时候，快到秋天的时候，雨水多了才能长草菇、蘑菇圈等。那北梁上看见环形的就是蘑菇园。”

胖子高兴地说：“这次该能吃饱蘑菇呀！”

另一个胖子耻笑：“吃坏肚子会漏油水的！”

第二天又来了十几个人，又落起了几顶蒙古包。占巴拉稳住羊群，阳光照得有些发困时，乌日图巴依尔开车跑过来：“巴乐长！去把那几个羊给他们收拾收拾。”

“那里不是有那么多人吗？我去凑什么热闹？”

“就那些吃货能收拾羊吗？我去的时候昨天留在这里的两个胖子，一个拿了个斧头说：‘干脆用斧头砸烂羊头算了！’另一个便耍聪明说：‘把脖子割断了挂在树上就该死了吧？杀狗是那样杀的！’两人吵个不停。和他们能说什么呢？”说着便把占巴拉拉呀推呀地塞进车里向旅游景点开去。

扎木苏这次还领来了叫琪琪格、其木格的两个女服务员。今天吃羊肉的都是这几天忙活的那些人。没有外来的宾客，收拾羊杂碎的差事自然落到了那两个女子的身上。占巴拉杀完羊把杂碎都装进器具后，她俩捏着鼻子坐在旁边不知道从哪儿入手。占巴拉帮忙收拾完后就去了羊群旁边。

扎木苏的旅游点客人不断，天天满员，使他喜出望外，嘴合不上，眼睛更眯得看不看得见东西都难说了。过去，一年不少次上面领导要下来视察工作，旗属各部门就领到旅游区去招待。现在的人见得多了，看再好的旅游景点也都成了破规的尼姑，一个味儿，不怎么激动了。现在的领导反而李逵杀虎成瘾了似的，只要听到纯天然，就像要入洞房似的变成拼命三郎了。我现在建起了自己的旅游景点，纯天然的羊啦蘑菇啦遍地都是，不仅省了很多资金，还不用求爷爷告奶奶地低头哈腰了。看样子建立草原旅游景点的确称得上上等的买卖！扎木苏乐得心都快开花了，拍了一下膝盖继续想，我得在掌管公家旅游局的位置上，赶紧把这里的服务条件成套化。光吃得天然还不成，精神方面也得赶紧上马。他们看完吃足了，还得玩乐红火，乱糟糟的时候把马头琴、蒙古长调、美女的舞姿都奉上去。让美女们连唱带翩翩起舞，也该都蒙头了，一个个竖起大拇指赞美“好”“美极了”“漂亮极了”……腰包里的银子就哗哗流出来了。金山银山自然滚落不算，用这方法拉拢上级领导，让他们都成为我扎木苏的支持者，自然不就飞黄腾达了？！

最让他偷笑不止的是乌日图巴依尔老同学，他没想到网住这片山坡简单到易如反掌，他原以为老同学会以“我的畜群没处放牧”为由，仰起脖子头朝天喊出天价，说不定我的如意算盘就要落空。结果正赶上这只懒猴子厌倦了放牧的生活，一心梦想城市生活。给他屁股下点几把上天的火，这龟孙子就坐不住了，听不进眼睛都哭肿了的那个可怜女人的劝阻，高高兴兴地把这片高坡送给我了。只不过给了他买楼的十来万元，他就像把住老天爷的老二一样激动。有我这局长的头衔，这笔钱也不会出自我的腰包，我就托公家的福，自己有了旅游景点。就算自己掏腰包，那几张纸算几个钱，不到半年就赚回来了。说实话，莫德格的眼光比起我那老同学远得像探照灯，别说女人头发长见识短，这位嫂子可不是省油的灯。那么甜蜜地叫着“嫂子”，摸呀拉呀的，就是死活不让我接近她。不过我老同学已经签完字了，钱都全数收下了，咧嘴不合缝地跑回去了，这片草原不就成我的地盘儿了吗？当下最主要的就是乐队、歌手、舞女了。乌兰牧骑[1]的丹巴马头琴不错，对，一招呼他，他就肯定会下摆着火了似的跑过来呢。歌手，哦，我局的阿丽玛唱得好，就她吧，不行，有点老了。还是另找年轻漂亮的好了。歌手遍地都是……扎木苏坐在“屎壳郎”肚子里，从旗府出发奔自己新建的旅游点的时候，笑眯眯地想着这些，不亦乐乎。

高坡上兴建了旅游点后，乌日图巴依尔也偷偷地高兴得不得了。指望这些毛球什么时候是出头之日？再说把土地承包给个人后，除了自己承包的地盘外不能自由放牧，草场一固定，畜群头数也得必须定额限制。因为上级也制定了硬政策，限量放牧，这样一来，靠放牧发家致富成了空话。再加上干旱、草场退化沙化严重，把这些罪状都推到山羊身上，以此又提倡了圈养。这样一来棚呀舍呀草呀料呀适应呀等等麻烦多得没法说，有的时候还不得不倒贴。这种受折磨的生活，比起人家城市生活简直像是地狱。你看我们屯子的达赖，刚进城时在一个工地上推车搬砖。后来在街头一个小巷里开了个小饭馆，不久就走了鸿运，在街中心开上了大餐厅。现在发了横财，穿戴都讲究上，可不是以前那耷拉鼻涕、流哈喇子的牧民达赖了。我正琢磨着咋能挣大钱的时候，这扎木苏想买我的高坡，要开旅游景点。这才叫老天爷恩惠于我，哪路闲着的天神从天上扔下这么好的馅饼。就我那傻老婆哭哭啼啼，“别卖草场，不要卖了……”地纠缠不停。畜群都没有了还留着草场有什么用？卖了换成钞票比什么都实用。只要给出我心中的价位，他们建什么就建去，与我无关。有了卖草场的这个资金，我就能做买卖赚钱了。乌日图巴依尔心里揣摩的是这

---

① 乌兰牧骑：蒙语原意为“红色嫩芽”，意为红色文化工作队，活跃于农村牧区间。是一种装备轻便、组织精悍、人员一专多能、便于流动的小型综合文化工作队。1957 年诞生在内蒙古自治区锡林郭勒盟苏尼特右旗。

些名堂。

莫德格可不这么想。她习惯了这种盼畜群的生活，想着和两个孩子平平安安地过日子。一想起进城里，好像不是要去人多兴隆、车水马龙的大城市，而是要去孤苦伶仃的岛屿上似的坐卧不安，进出不宁。可是两个孩子就像要去姥姥姥爷家似的又蹦又跳，成天喊叫："我们进城了，住楼房了。"那高兴劲儿可真无法形容。

一天晚上，占巴拉回来时两个孩子跑了过来："巴乐那嘎其，我们要搬家到城里去呀！""爸爸买上楼了！"两个孩子争抢着说。

占巴拉问："是吗？那你们就把我一个人扔在这里就走了？"

两个孩子有些不知所措，挠挠脑袋，最后塔拉说："不然那嘎其您去扎木苏叔叔旅游景点打工吧！我跟我爹说。"

"我去那里能做什么呢？他们是杀羊的，不是放羊的。"

"扎木苏叔叔说了，旅游景点也必须有自己的羊群。"

随着旅游景点的宾客增多，乌日图巴依尔的羊群却一天比一天地迅速减少。不得不承认乌日图巴依尔的确也不是省油的灯。他卖给旅游景点的不是好羊，把那些二岁子三岁子的小羊以成岁子的大羊价格卖给他们。因为知道他和扎木苏的同学关系，旅游点管事儿的也不说什么。有时候扎木苏自己过来指着要大羊的时候，乌日图巴依尔推托说："那不是我的，是人家放我群里养的。"即便如此，留下的羊也越来越少了。

占巴拉感觉到这里已经不是他久留之地。他这辈子除了放羊，的确没干过什么。可是现在这个禁牧的年代，已没有他可以放牧的羊群了。孩子们所说的旅游点若真的张罗羊群，他倒也愿意去求个情，说一声："我给放。"可是每天只见到他们杀羊，并没见过留有什么活着的羊。那天来的客人挺多，杀了五只羊。客人们走后琪琪格、其木格收拾餐桌，把啃剩下的骨头堆在了他们伙房的后面。每次看到成堆的骨头，占巴拉就想起那天蜂拥落在马粪堆上，瞬间把马粪堆给清理干净了的屎壳郎。人头多了，满野的羊群都能“吞咽”掉呢。过去这里真的满野都是畜群。可现在满野都是铁皮下飞轮子的“屎壳郎”，把整个儿额尔得尼花大丘坡几乎倒腾成平地。额尔得尼花眼看着也要变成屎壳郎蜂拥的马粪堆了。小时候童伴们喊着“寒鸦寒鸦进草地”的戏语玩耍。现在看来进草地的不是寒鸦而是屎壳郎转世的黑头人群。占巴拉这样想着，无精打采地阻挡羊群坐在河边土坎上。羊群减少的可怜了，他也就没兴趣了，当作差役过一天算一天的应付着吧。内心空荡了兴致就灰败了，每天困得呀，不时要打盹儿一番。“这样放人家的羊，丢呀跑入人家农田呀的，哪天也许会惹事儿。不如出什么乱子前把羊群交给主人吧？”他如此这般想过。可是交了羊群，他就没事可干了。这样思量着，就干脆等乌日图巴依尔搬家。他揣摩着到时候咋也有个车到山前的路径呢吧？

占巴拉饱饱地喝足了青茶。尼姑之学问在于喝茶，可光棍占巴拉喝茶的学问不低于尼姑。他每天赶回羊群后，坐下就沙唰地打开他那老旧半导体，接下就漫游青茶里了。饭菜有口剩的就行，吃饱肚子便了事。可缺了青茶就心里发慌，犹如离了水的鱼，张口结舌、遍体乏力得一刻都耐不住。只要有青茶湿润着内脏他就轻飘成活人。今天一早他就虬龙吸水般地哗哗吸茶，满壶茶，他一个人很快就喝得见了底，晃几下知道确实没了，才观望一下墙上射进来的太阳光线，然后起身往羊圈走去。

天气晴朗得狗都舔不到什么云雾。占巴拉拿上拴在竹竿上的有弹性的胶皮鞭子，打开了羊圈门。以前他拿的是皮鞭子，可是近些年羊群馋碱，他的皮鞭都给吃掉了。连麻绳布绳做的鞭子，稍不留神的工夫就给啃掉了。过去游牧走动的时候，每年夏秋季节好几次赶羊群到三湖地区吃碱。额尔得尼花被开采煤矿后，就像马粪堆上的屎壳郎，观望间聚集了密密麻麻的人群，建成了矿业城后却禁止了羊群走动。占巴拉好几次对乌日图巴依尔说“该给羊吃碱了”，他顺口回一声，“过几天我拿来几块盐疙瘩扔给羊圈算了！”光说不做，每年也就马马虎虎地给羊驱一次虫，剩下就撒手不管了。

占巴拉打开羊圈门的时候，突然看见羊都咧开嘴巴露着长齿笑开了。他吃惊不小：“这世道，可怜的牲口都有灵性了，知道感恩，可怜料理他们的主人，竟然都会笑着逗乐我。”他很是高兴地也朝着羊群大大咧开嘴巴，尽情地笑了笑。然后把羊群赶向忙给尔吐坡下。

不远处玩完赛车朝家里走的乌日图巴依尔叫住他：“巴乐长，不要去铝厂附近！就在河这边稳住！”

占巴拉把羊鞭往上挥了挥表示“明白”，轻轻快快哼着乌力格尔曲子往前走。

乌日图巴依尔进家后问妻子：“我们的巴乐长是不是有些变了？你觉得不是吗？”妻子说：“好像是，喜笑颜开的，话也多了。以前嘴给封住了似的人不问什么，他就不说话。”

“我昨天进他屋的时候，看见他用筷子拉着他的大腿说胡仁乌力格尔呢。”

“他还会说胡仁乌力格尔？”

“学着那些艺术家，弹唱的还很是有眼有眉的。下次回去把父亲的大胡琴给他拿来，也能给他解闷了！”

“羊长占巴拉要变成胡琴长占巴拉呀。”莫德格笑着说。

把羊赶到忙给尔吐坡下想稳住羊群，羊群笑着闻那些嫩草却不吃草，只是焦急地走动。占巴拉心想，今天羊群会笑了，是不是高兴得乐饱肚子不吃草了。他想起了乌日图巴依尔嘱咐他别去铝厂附近的话，有些奇怪。乌日图巴依尔从来没对他说过这类指点的话，因为放羊的事情上占巴拉不可能比乌日图巴依尔知道得少。今天咋说了这类话了？咋也有些门道儿吧？他纳闷着。

乌日图巴依尔从在矿业城学校任教的孟克老师那里听说，那两个厂子烟囱冒出的毒烟灰落在了附近的草木上，牲畜吃了会得病。上次他去学校，在孟克老师办公室等孩子时聊了一阵子。他虽然听不懂氟化物、硫化物等化学物质的名称，但听得懂这些物质会危害人和动物等内容。所以今天早上想起来便提醒占巴拉不要去铝厂附近。

占巴拉也知道，厂子附近的草木上落了烟灰后颜色已变淡。十来天前下了一场雨，给草木洗了个澡后基本恢复了本来颜色。那一场暴雨后，厂子前面的采土坑里积水变成了琥珀色。从那以后羊群就不愿喝河水，时不时拼命地往那坑里跑，喝那个有颜色的污水。对缺碱的羊群来说，那些土坑里积的雨水可能比河水好喝罢了。今天也同样，羊群不吃草又拼命跑到那坑里，喝得肚子鼓鼓的才出来。

晚上圈羊的时候，两个孩子跑了过来，占巴拉便炫耀他放的羊会笑了："你们看我们的羊会笑了！"

"真的？羊也会笑？"孩子们不相信，也是和人一样哈哈地笑出声吗？"孩子们边问边爬上羊圈往里窥视，真的，好几只朝他们看的羊露出长牙咧开嘴巴在发笑。两个孩子看得都笑痛了肚子，"巴乐那嘎其，你咋教得让羊都会笑了？"

"巴乐那嘎其真有学问！"

两个孩子抢着说完，就一前一后跑进家里向乌日图巴依尔和莫德格炫耀。他俩听了也奇怪地马上跑出来问："会笑的羊在哪里？我们看看。"

乌日图巴依尔跑进羊圈后，看到羊虽然咧嘴在笑，肚子却空的瘪瘪的。随手抓住一个，扒开嘴一看才知道，牙齿长得长长的，已经合不上嘴了。“怎么还以为会笑的了！是牙齿长长了，都不会吃草了！”

“我才听说羊还能长出犬齿！那现在咋办呀？”占巴拉问。

“得赶紧去找兽医，这样下去吃不上草要饿死的！”乌日图巴依尔说着马上开车去找兽医席日卜。

莫德格看着肚子瘪了的几只羊说：“这叫什么病？我听都没听说过这样的病。”

占巴拉也不知道叫什么病，摩挲着脑袋在发愣。

天黑后乌日图巴依尔领着席日卜回来，席日卜把发笑羊的嘴扒开，用手电筒照着看了看：“牙变成犬齿了！”

“什么病？”乌日图巴依尔着急地问。

席日卜摇摇头：“我也第一次见，只能把齿给拔掉！再没办法。”

“没了牙齿咋吃草反刍呢？你该不会给我的羊镶假牙吧？”

席日卜也好像想不出什么好法子，便说：“明天看吧。”

第二天等了一天，不见席日卜来，去家里找时听说他进城里了。下午最弱的一只羊死了。见到吃不上草饿死的羊，乌日图巴依尔更着急了，拿来钢锯，嘴里嘟哝着“爱咋就咋了”，便把羊那些长牙齿给锯开了。咔啦咔啦锯了半天，长出来的部分锯掉后，虽然舌头嘴唇都流着血，但总算能吃草了。虽然还可能往长长，但也没想出更合适的办法。无论咋也比饿死强吧。两口子和羊牙齿战斗到天黑，总算把所有长牙都给锯掉了，暂时松了口气。

几天的骄阳后，污水坑里的水终于消失了。占巴拉的心病缓解了一些，长叹了一口气。“龟孙子们再往那里跑一百遍也没有水喝了，不喝河水能跑到哪里去呢？”占巴拉这样想着。被锯掉长牙的羊都好转多了，他心里也宽松了许多。他想起好些天没见到门长了，便向铝厂走去。

“最近你咋不见人影了？是否娶上了老婆，像猫咪一样成天守着那个活肉不出来？”

“除了转悠这个巴掌大的盆地，一个羊倌儿家能到哪里去呀？”

“操！跟上那几只毛球活受罪，还不如进城扫大街呢。”黄脸老汉习惯了开口就带“操”。占巴拉也想学着说一下，觉得不好意思，话到嘴边又收回去了。

占巴拉照看着羊群，没让进人家农田，也没去厂子附近，没过多久，羊群又是笑颜常开了。席日卜兽医没了章程，也没药治愈这些羊，便罢手不管了。乌日图巴依尔也没了招，就把会笑的羊降低价格卖给旅游点。

突然有一天，扎木苏过来了，说：“听说你把有病的羊卖给我们，客人听说了就不愿来我们这儿了。”乌日图巴依尔说：“只是牙长长了吃不了草，没病。”

扎木苏道：“那就不叫病了？”

“那我咋办呀？”

“你把羊群挪到其他地方去，要不然我的客人就不来了。”

乌日图巴依尔进退两难，说：“草场都承包给个人了，所以也不能轮牧了。把羊群给别人，人家也不会要这些笑颜常开的货呀，烦死人了！”

扎木苏说：“你应该去铝厂追究责任，索要赔偿才对。但是他们都是有硬实后台的老爷辈，要告他们也就是鸡蛋砸石头一样，并且要找那些推三排四的官场说明事由也得一年半载的。我可没那时间。”

乌日图巴依尔无奈道：“那在我找到地方前，只能就在这里将就了。”

扎木苏说："最近我们就不能从你这里要羊了，最好快点挪出去吧！"说完扎木苏开着车消失了。

扎木苏一走，乌日图巴依尔就抱怨莫德格："我不是说了吗？指望这些毛球没用，现在咋办？"

莫德格说："这是什么世道了？"

乌日图巴依尔还想到把羊群挪到别家的羊群里，这样一来占巴拉就失业了，他有些为难。

占巴拉稳住羊群，坐在羊群可进农田的河坎上丢了魂儿似的，坐着坐着便睡着了。他梦见他的羊群不笑了，都是哭哭啼啼泪流满面。占巴拉看到后不知所措。要是孩童可以哄他，可咋哄这些羊呀？

笑着死的那个三岁子羊的小羊羔爬上他的怀抱，说："我饿得不行了！"

占巴拉摸摸它的肚子，瘪得变成皮包骨头了。他薅一把嫩草喂给羊羔，羊羔却咬不动，嫩草从嘴里掉了出来。

占巴拉紧紧抱着羊羔，含着眼泪站了起来："我们走！去没有污染、没有毒烟的嫩嫩绿绿的好草场上去！"

占巴拉赶着羊群往前走。突然天要塌下来似的，不远处吱吱哇哇的叫声乱成一团，惊醒了占巴拉的噩梦。占巴拉惊得跳起来望去，看到灰尘一大片，羊群进了人家的农田，几个农家婆娘举着镐头喊叫着在追赶羊群，占巴拉撒腿就朝着那个方向拼死拼活地奔跑过去……

原载《花的原野》杂志 2013 年第 2 期

译于 2017 年

宝鲁乃或猜谜者

布林 著
海风 译

布林

本名乌力吉布林，蒙古族，1959年生。蒙汉双语作家，中国作家协会会员。1976年开始发表作品，著有长篇小说《动荡的鄂尔多斯》《一路歌声》等四部，中短篇小说集《鄂尔多斯2049年》《沙暴》《布林小说精选》以及七卷本《布林文集》等。一些作品被译成英、日等文字。

海风

蒙古族，中国作家协会会员，内蒙古翻译家协会副主席、内蒙古网络文艺家协会副主席、内蒙古作家协会诗歌委员会委员。1980年出生于通辽市奈曼旗。2002年毕业于内蒙古大学，现任《花的原野》杂志社副主编。出版有翻译作品《作为行为艺术的爱情生活》、蒙译汉诗集《黑骏马》、蒙译汉散文集《彩虹岁月》、蒙古文诗集《郊外的秋天》、汉文诗集《时尚中国　我为模特写诗》和《牛蒡草》。译著《四胡之神》获第十届内蒙古自治区文学创作“索龙嘎”奖。

1

仔细想想，宝鲁乃一家是从哪天开始倒霉走厄运的。西户的老翁总说，人皆有命运。如此说来，这也许是宝鲁乃的命运。为寻觅几天不见踪影的牛和骆驼，宝鲁乃在盐土沙漠和戈壁间纵横驰骋时，脑子里突然闪过一个念头：我老婆怎么样了？在做什么而操劳呢？虽然他们结婚已经十来年了，宝鲁乃也曾屡次外出过，但一直没有过这种想法。他这次外出时，老婆两次叮嘱他，叫他尽量早点回来。老婆的叮嘱就像苍蝇的嗡叫，挂在他耳垂上。

宝鲁乃想，也许是因为老婆的叮嘱，才萌生这种想法。他虽想早点回家，但一峰骆驼嘴流口水和白沫，不能吃东西饮水。还看见一匹马腿瘸了，因而忙于医治它们，未能及时回家。宝鲁乃求附近村庄的一位青年，让他帮忙，捉住那饱受舌疹的折磨而不吃不喝、身体虚弱的骆驼，将它扳倒，牢固地绑起来，拽出它的舌头，刮掉斑疹，再给放放血，撒上盐。他又用针扎那匹马的瘸腿，放出血和脓水，做完这些时太阳已西下。明天早上还要用晨尿洗涤那匹马的小腿，所以宝鲁乃在敖特尔上过夜。

独自蹲坐在满是烟尘的敖特尔小屋里，让他觉得空荡荡的，感到非常不适。白天饱受烈日和干旱的煎熬，此刻在清爽的气息里苏醒，闻到人之亲和气味的几只蚊子欢欣鼓舞，嗡嗡叫唤着定夺进攻方向。那些陈旧的、发黄的报纸满脸灰尘，躺在锅盖、器皿、桌布上。那些写满羔羊的成长、种植树木沙柳、挖井、修路、搭建棚圈及环境污染、建设、妇科病、瘟疫等内容的报纸，当时尚属新报，具有重要用途的文字如今圆满完成了历史任务，枯燥得都露出白骨，与其悲戚的命运一同躺在纸上。宝鲁乃为消耗时间，看了一阵，又觉索然无味，推到一边。

早前是崭新的，如今已陈旧变黑的橱柜上点缀摆放着瓶瓶罐罐、带盖的圆木盒和瓷碗。在旁放置的半瓶酒传递着去年冬天一次唱歌欢宴的讯息。桌子摆放在废旧火盆上，上面躺着肖洛霍夫和他的爱子——《静静的顿河》。宝鲁乃虽然利用闲暇时间，如啃咬坚硬的奶豆腐般，花了将近一年时间啃读这本厚厚的书，但还未读完。他不喜欢在夜里读如此充满战乱、杀戮的故事。之前，春天的一个夜里，他读到很晚才睡觉，结果枕边彻夜轮番上演哥萨克的呐喊、顿河的呼啸、葛利高里的马蹄声、阿克西妮娅的呻吟，使得他没睡上安稳觉。

挂在墙上，陈旧发黑的三弦幽怨地望着闲坐的宝鲁乃。宝鲁乃的手指看似粗大弯曲，不适合弹奏乐器，可一旦演奏起来就变得灵巧，实在让人难以相信。届时，会有《富饶的杭盖》《金色的红雀》的旋律飘扬起来，把心绪扩散到天边，将人牵引到几十年或几百年前。但今天他累了，再加上内心忐忑不安，没有拿起乐器，躺在了铺上。太阳虽落下，收敛了凶暴的光和热，但炎热的气息依旧留了下来，折磨着所有生灵。宝鲁乃虽然裸身躺着，但热得浑身出汗，还是睡不着。

将近黎明时，好像是在烟囱上，夜猫子的喊叫惊醒了他。夜猫子可怕的叫声是那么冷丝丝的，钻入他感觉发凉的耳朵。黑暗愈加凝重，笼盖周围一切。宝鲁乃在黑暗里摸索着找到烧火棍，嘴唇靠近烧火棍一头，“阎王的使者退后！”他念叨了九遍，然后跑到外面，挥棍驱赶夜猫子。虽然赶走了夜猫子，却未能赶走恐惧疑惑的心情。

黎明时分，宝鲁乃起来，给瘸腿马施医术，然后走到盐土沙漠的边缘，找到绊上足的马，向家驰骋而去。在他想来，老婆现在正利用熬奶茶的间隙，挤压鲜奶干或捣着酸奶。放在棚架上的麻秆席子上摆放着一片片洁白的鲜奶干，喜鹊看红了眼，在那边的榆树上唧唧喳喳叫着。老婆在已挤压的鲜奶干上放置几根红筷子和小镜子，用于吓唬喜鹊，以防它们叼走鲜奶干。烟囱里飘出蔚蓝色的炊烟，越飘越稀。

牧场在无精打采地泛白，位于丛林边缘的家灰头土脸地显现出来。宝鲁乃心里觉得异常。未见从烟囱里冒烟，棚架上也不见有白白的鲜奶干。另一种颜色，不是，准确地说是一道黑棕色在牧场、家园及空中弥漫开来。他匆忙拴上马，向家连走带跑。家里一片寂静凄凉。匆忙的脚步声响彻在院子里。宝鲁乃跑向正房从门口往里看，没看到老婆，于是进了厨房。只见酸奶缸旁，老婆张臂倒在地上。天啊，怎么了？宝鲁乃吃了一惊，走到她跟前，抓住老婆的手时顿觉冰凉，手贴到她胸膛上，已没有心率。想动一动她的身体，发现她早已僵了。宝鲁乃眼前一黑，瞬间发蒙。接着，他握住老婆冰冷的手，不知是真实，还是在做梦。发了半天呆后，宝鲁乃跑到外边，乘上马，驰骋到就近的亲戚家外面叫人，求他帮忙传话……

那些听闻冷风暴般突如其来的噩耗的亲戚们惊恐万分，着急上火，从四面八方陆续赶来。宝鲁乃请来喇嘛，着手准备着因心肌梗塞离世的老婆的出殡准备工作——做法事、入殓、洗净、施术、献祭、诵经、看日子、定方向、看风水、择墓地等等。

出殡的那天，家里聚集了附近亲戚和乡里乡亲等很多人。因为逝者是在厨房去世的，所以在那里给她入殓。喇嘛、亲戚们为出殡，聚集在门里门外。因嫌窗户小，决定从门往外出殡。西户的老翁看到在逝者出殡的门槛上没有施术，为此感到懊恼。按理说，逝者应当从窗户出殡。从门出殡，就应当在门槛上横放木板或沙柳、芦苇，用此来施术。俗话说，从活人走动的门里死人出殡的话，死亡之门就会大开。这户人家不忌讳这些或不知这些吗？他为此感到惊讶。

宝鲁乃安葬老婆后，在家里傻愣了几天。刚刚经历之事犹如梦幻。他想，这果真是梦吗？有时，他会做异常可怕、使人焦急的梦，惊醒后发现这是一场梦时会非常欣喜。现在，噩梦般的苦痛劈头盖脸地扣在他头上了，让他难以超越它。

那些羊和山羊在围着水槽咩咩叫唤。牛和骆驼已几天不见踪影。宝鲁乃发懒地坐在那里，想喝酒。但喝了几口，就觉非常苦辣，便不再喝了。

走的已经走了，留下的又如何呢，依然要过日子。想起长辈们说的“儿啊，要放宽心思”，宝鲁乃叹了一口气，拖着沉重的腿，走向水槽。等看到水槽上拥挤一片的羊和山羊、榆树上欢叫的喜鹊、棚圈上鸣叫的麻雀，他心里稍微感到敞亮，眼睛也似乎明亮了起来。

2

如无盐的奶茶般淡然无味的枯燥日子接踵而过。宝鲁乃被聚拢牛和骆驼、给羊和山羊饮水、维修棚圈、割草和芦苇、钉树桩等干不完的家务活所压制着。宝鲁乃穿越了噩梦般的苦难迷雾，如今将要摆脱出来了。

天空阴云密布，淅淅沥沥地降了几天雨。秋雨有时飘洒得愁煞人。因为雨声哗哗，啥都干不了，宝鲁乃只好呼呼大睡。他又开始胡乱做梦了。

还有什么灾难像小偷一样蹑手蹑脚地朝这里赶来吗？真他妈的！为此感到疑惑的宝鲁乃在子时用圣水洗净了脸和手，走到离家百米多之遥，学山羊“咩咩”叫了几声，说着“凶兆退去”，把圣水连盆一起扔掉……

如今很多东西都让宝鲁乃感到恐惧和疑惑。他想，那次夜宿在敖特尔的屋子里，凶兆显现时我也施了术，但没管用。都说施术能管用。难道是有时灾难过大，小的施术镇不住它吗？

一天，学校传来消息，说他儿子病重，让宝鲁乃赶紧过去。他未来得及将牲畜托付给他人，就向苏木[①]驰骋而去。苏木离此仅有三十来里，但他觉得总是走不到，是那么遥远。前些天，有些梦在预示着什么，这是要听闻噩耗呀。儿子得了什么病？难道被车撞受伤了？还是煤气中毒了？他浮想联翩，向苏木驰骋。

孩子的班主任见到宝鲁乃风尘仆仆地赶来，迎了过去。宝鲁乃急得从老远就喊话问道：“孩子怎么了？”班主任走过来，低声说：“你儿子从单杠上摔下……”

他又问：“摔断了手脚吗？”班主任拦住他说：“嗐，请你节哀，你儿子在玩单杠时头朝地摔下，立即断了气……”

当听到殁了的凄惨回答，宝鲁乃的腿发软。班主任扶着他走，给他讲述了事情的前后经过。班主任的话像针似的刺着宝鲁乃的耳朵。

---

① 苏木：内蒙古行政区划名，相当于乡。“苏木达”即乡长。

儿子被放置在一间小屋里，脸泛着苍白，嘴和鼻子上沾着几块血。宝鲁乃欣赏一番宛若塑料娃娃般的儿子，取出手绢，为他擦掉沾在嘴和鼻子上的血迹。然后，两次呼唤了儿子的名字。儿子毫无声息，纹丝不动，只躺在那里。不知是何时何地？是在梦里吗？他曾见过如此头发灰黑、面色苍白的孩子。宝鲁乃用手轻轻抚摸儿子的脸庞，握握他冰冷的手，似乎这才意识到这不是用塑料制作的孩子，突然号啕大哭起来……

班主任过来安慰他，宝鲁乃这才意识到自己在哪里……

学校方面要与宝鲁乃商谈赔偿的事。然而，宝鲁乃认为，人都没了，给多大赔偿都无济于事，没有跟他们争论赔偿问题，把儿子埋到学校西边的丛林里，自己直接回家了。老婆去世后，儿子是他活在这世上的精神支柱。如今这根支柱也断了，宝鲁乃的希望、追求，那些美好的事物等等，所有东西似乎都化为了泡影。

接踵而至的沉重打击鞭挞着他，不仅让他变得傻乎乎，还十分健忘了。他有时出来取牛粪，却惊讶地问自己这是出来要做什么呢？

十天过后，宝鲁乃梦到儿子向他讨要画册。作为父亲，他知道儿子有那么一本画册，还十分珍惜它。只因那个梦异常清晰，不曾模糊消失，宝鲁乃翌日早上饮完奶茶后，便翻看从学校拿回来的儿子的物品。不见有画册。但儿子的一个记录本吸引了他。

星期二，阴。

翻翻儿童读物，看见几首绕口令，选比较可以的一首抄下了。

……把那搭建在／毡垫般大的黄岩上的／一升开来的黑色旧毡房／不说是一尺高的骑马人的家／那把什么

人的毡垫般大的／一升开来的毡房／说成那样呢？

……

星期四，晴。

因为激将博克手的词很有趣，所以抄下来了。有些地方与我们所说的不一样。

……在秋天没有糟糠可吃的／没有力气跟我摔跤的／没有可唾弃的口水的／没有向前迈步劲头的／无关紧要的／头发蓬松的小子！／没个形的／衣衫褴褛的小子你！／要与我这个大男人摔跤吗？／不怕被当笑柄说吗／还在流着鼻涕的／你这个臭小子！／痴心妄想着／不会吞沙子倒地吗？／弄裂荐椎的谋略／你有吗／向里缠钩的钩子／你有吗？／我要摔破／你的蜂巢胃／把你摔到／走一个月的距离呀？／我摔裂／你的肠胃／把你甩到／二十里开外呀？／要摔断你的腰／弄断你的骨髓／若有力气就过来／咱们俩摔跤吧……

星期五，热。

赛西雅乐为了买作业本和笔，跟我借了十元。说是半月内还。

星期六，晴，热。

同学们回的回，剩下的在打球或洗衣服。我没回，走到教室做笔记，翻看画册。我怕回家。一回去就更加想念妈妈，总是坐卧不安。没有母亲的家是何等的丑陋啊！

星期日，晴。

我梦到了妈妈。妈妈说，要把我带到一个地方。不清楚要去哪里。这种梦我做了两次。想一想，离世的妈妈也许是在想儿子……

……

在这世间，倍显神奇、难以解释的事物太多了。有时，我们不得不信那些离奇古怪的事物！宝鲁乃珍藏起日记本，不由自语道：“老婆带着儿子走了。就这样把我一个人落下了。”他长叹一口气……

次日夜里，宝鲁乃又梦到儿子为索要画册而哭泣。他在家里找遍了也没找到，于是到学校去，跟班里的孩子们打听。是有一位同学借了那本画册。他要到了画册。一个男孩子也归还了跟他儿子借的十元钱。

宝鲁乃拿着画册，走到埋葬儿子的地方，捡来干沙柳和沙蒿堆起来，点燃后把画册给烧了。熊熊燃烧的火焰吞噬画册，不一会儿就让它化作一堆灰烬。突然一股旋风席卷过来，吹走了灰烬。宝鲁乃面朝西，看着犹如一团蝴蝶般盘旋飘飞的画册灰烬，感到一阵惊奇，不由嘀咕道，喳，儿子来带走了那本喜爱的画册……他想，回家后把儿子珍爱的其他物品也给烧了。

3

宝鲁乃一闲下来，就追忆起老婆和儿子，实在难熬，所以，他背柴火，捡羊粪蛋，给牲畜饮水，忙碌个不停，以此来慰藉心灵。有时，无事可做了，便反反复复地打扫家园，擦拭箱柜，以此消耗时间。

宝鲁乃惧怕失眠后眼睁睁地躺在那里。他为了尽量把自己累趴下，整天跑个不停。可有时还是会失眠。偶尔，他似乎看见一个浑身长满脓疮的人，有了异常的感觉。每当看到那个影像，全身便感觉发痒，不由开始挠起来。不久，宝鲁乃的腋窝、大腿窝等部位长出米粒大的红色脓包，奇痒难忍，让他吃尽苦头。夜里痒得更厉害。

乡里的医生诊看后说，是黄水疮，如果给他施术，七天就可痊愈。宝鲁乃数点牲畜，给它们饮水后，在日落前再次来到医生那里。夕阳老老实实地洒下余晖，在他看来，医生像一团火焰。

从医生的身上散发着香柏和香火的香味。傍晚时分，医生让宝鲁乃赤裸身体，他拿着火镰，念着“药术药术”，朝宝鲁乃的脸庞和赤裸的身体打了九遍火镰，说七天之内定会痊愈。医生的牙齿狰狞着，看起来好像要咬他。

七天之内，宝鲁乃的黄水疮不仅没有痊愈，反而更加扩散，浑身都起了疮，让他备受痛痒的煎熬。他实在束手无策，去找住在乌兰陶崩的布尔罕医生。绵柔的清风撩动着他的头发。狗的吠叫声接连响起，宝鲁乃行走都需要谨慎，他干咳了一声，闪进医生家里。被称作布尔罕的医生一见他就断言说：“是肮脏的鬼魂跟了你。”又说，“那个丑鬼还在跟你索要酬劳和坐骑。”

“我的阿爸呀，请您想法子让我脱离它。一痒一挠，真是彻夜难眠。它索要的东西，我怎么给它呢？”

宝鲁乃的指甲缝隙间隐约沾着污血，显示着他昨夜的苦痛。

“它索要的东西我给你画出来吧。你在黄昏时分拿到西方去焚烧。如此连续做三天。”布尔罕医生嘴里含一口酒，朝他的脸庞和身子嗖地一吹，又在手掌里放一根火柴棒，反复审视后说：“要涂这些药啊。”接着，接连说出药名，“肤轻松、灵方皮舒克……”

那些西药的名字，宝鲁乃闻所未闻，不知如何记录。

布尔罕医生的话语宛若春天的河水满溢流淌。他说：“儿啊，我只能说，不会写。你按字音，用蒙语记下，到市里的医院去买。”

宝鲁乃十分疑惑，这位老人压根儿不识得汉文字，如何说出中药、西药的名字，这些药确实存在吗？

他托熟人从市里购买那些药，的确有药。宝鲁乃用了一段时间，瘙痒好转了些，但却无法痊愈，还是起着黄水疮，于是他又进城看中医。据中医说，像他这样的皮肤病非常稀奇，说这病是皮肤癌也不为过。现在的医疗无法根治这种病。

世人难得的病让我给摊上了。我这个人是丧门星吗？宝鲁乃举步维艰地向汽车站走着……

……有许多牛和骆驼在吃草。宝鲁乃骑着摩托车，扬起稀稀的尘埃，在数点着牲畜……

……儿子开着车在市里驰骋。宝鲁乃和老婆欣赏着城市的街景……

……宝鲁乃领着小孙子走在车水马龙的大街旁，送他上学……

那时设想的美好未来如今都化为泡影飞散，宝鲁乃脸色难看，蓬松着头发，无精打采地跟在牲畜后面。他想到西户的老翁总说的那句话——“谁曾想得到呢？”不由长叹一口气，嘀咕道，人啊，确实难以掌握自己的命运！

想到西户的老翁时，看见了他的身影。他背着小孙子在放羊。老翁向他招招手，他走过去。老翁的眼睛虽小，却炯炯有神，给人一种身上潜藏着某个阴谋或某种令人恐惧的力量。

老翁讲了一番牲畜、牧场、水草等平日里谈论的话题，然后询问宝鲁乃的病情，又说出那句“谁曾想得到呢？”老人接着说，“很多病都随人的心情。如果心情开朗豁达则病也不足为惧。儿啊，尽量要让自己的心情开朗起来。人皆有命运。生下来有什么命运，就依着那命运运行不是吗？不能与命运抗争，也不能充当命运的奴隶。”宝鲁乃静静地聆听着老翁的话。他想，都说老翁是位饱读书籍的人，看来所言不假。想到这里，他躲开老翁熠熠生辉的眼神。

为了抚慰宝鲁乃，老翁让小孙子讲故事，猜谜语，娱乐了一番。那个小孙子断断续续、反反复复地讲了跟爷爷听到的几个故事，似乎不再感兴趣了，突然讲起自己的故事：“我躺在一座黑沙包旁的沙蒿边时，是妈妈走过来把我抱去的。我实在饿得不行。”爷爷笑着说：“我的这孙子总是说这种话。想一想，我孙子的灵魂也许来自被扔在沙蒿旁的孩子。”他问道，“你相信死人的灵魂能投胎转世吗？”

宝鲁乃说：“我信。”他暗自想到，我儿子的灵魂果真转世投胎了？还是没呢？有人若逢孩子或心爱的人离世，就在他肩膀、肚子、大腿或脸颊、脖子等易于记忆的部位涂上锅灰或墨、朱砂等物，如果自家或他家里果真诞生具有那种印记的孩子，就认为是他的灵魂，去看望他。于是，宝鲁乃后悔不已，没给儿子做印记，真是亏了。那时心焦如焚，也没想到这些。

原野呈现着灰白色，冷风吹动，讲述着凉秋的故事。宝鲁乃依旧忙这忙那，抚慰着悲戚的心灵。他尽量让自己的心情变得开朗豁达，但这说起来容易，做起来难啊。

天空就像宝鲁乃的心情一样冷酷空荡。进入初冬时节，下起异常的雪，戈壁荒野披上了素装。因为吃什么药也不管用，他不再吃药，也不忌讳这，忌讳那了。爱咋咋地。死就死吧！人不长生，早晚都要死！

宝鲁乃出去放牲畜之前，喝了半瓶酒。想上吊而死或服毒自尽，又怕受苦受累。他想，喝了酒失去知觉后冻死，或许不会让人难受。等见了风，酒劲发作了，他感到头晕脑胀。雪泛白，天浑圆，宝鲁乃心情激荡，欲要手舞足蹈。他隐隐约约看见老婆和孩子。老婆在召唤他，儿子在喊叫。太阳色彩斑斓，三弦的优美旋律飘然而至，冰雪宛若天鹅羽毛般飘荡。宝鲁乃的身体突然被风解散，像蝴蝶似的飞舞。有些肢体在落地，有些肢体在灵敏地向上飞。

虽然冷风刺骨，但宝鲁乃浑身发热，欲要脱掉冬天的棉袄。他又笑又哭，又跳又舞，走着走着，已不知走在何处。美妙歌曲旋律响亮，他的心情无比地欢欣鼓舞。宝鲁乃了无方向地走着，有什么东西绊倒了他。雪像蝴蝶般飘飞，大地在撼动……

“唉，曾是个弹一手好三弦的青年。现今手指也缺了，怎么办呢？”

“耳朵和手指无所谓。没丢掉性命就可以了……”

“这是跟自己的命过不去。唉，一定是悲伤过度导致如此。”

“苦难只能越过去，不能绕过去呀！”

隐约听得见人们的谈论声。宝鲁乃睁开眼睛一看，周围都是洁白一片。他误以为还躺在雪地上。白色的被褥、穿着白大褂的人们逐渐清晰可见，才知道是在医院。

他问道：“我怎么躺在这里？”

一位同宗弟弟走到他跟前说，“哥哥喝醉酒睡在野地里，是你的西户老翁找到你，通知我们，把你送到了这里。你的右手两根指头，还有耳朵冻得厉害。于是，截掉了你的手指。”

宝鲁乃举起手，只见手被纱布包扎得圆鼓鼓的……

宝鲁乃躺在床上唉声叹气。他有时不好好吃药，或找这个那个理由跟护士吵架。

一位住在市里的舅舅赶过来探望宝鲁乃，听闻他的情况后劝导说：“你治病不重要，治心灵最重要。这里的一个居民小区里有一位讲解心理学的老师，他一周上一次课，很多人在听，你去听听吧。”

翌日下午，宝鲁乃在舅舅的引领下去听了那位老师的课。

老师的讲话吸引着人们。他既简单又明了地讲到，人是什么？人的生活是什么？还讲了人的命运、苦难等重大问题。宝鲁乃也感到有趣，听了两次课。他的心胸变得开阔，觉得身轻如燕。也许是心理作用吧？他那发痒的症状也好了，夜里能睡个安稳觉了。

老师的讲话偶尔在宝鲁乃的大脑里盘旋。他开始思考很多东西了。对很多事物都有兴致了。想到某些事物时，越觉得百思不得其解……

4

不久，缺两根手指的宝鲁乃出院了。客车向着故乡扬尘而去。车上有两位老人谈论着这次的进城之事。他们俩进城已有半月。一位说道：“我觉得这半个月过得很慢。”另一位却说：“我觉得这半个月过得很快。”

宝鲁乃也住院半个月。他想，这半个月过得真慢，又一想，过得也挺快。有时，时间也属于感性之列吗？

天空变得湛蓝，盐土沙漠和戈壁、丛林和原野都在熠熠生辉，显得异常辽阔无垠。宝鲁乃惊奇了一阵，曾经显现黑灰色，笼盖着忧愁的原野，如今怎么看起来如此生机勃勃了呢？

宝鲁乃回来了！我们的宝鲁乃回来了！盐土沙漠里的银雉在啁啾着，丛林里的红雀在鸣唱着。

原载《阿拉腾甘德尔》双月刊 2015 年第 2 期

译于 2018 年

那一片静悄悄的白桦林

色·扎木苏 著
岱钦 译

色·扎木苏

本名扎木苏，1955年3月出生于内蒙古翁牛特旗。中国作家协会会员，中国少数民族作家学会会员，呼伦贝尔市文联副主席、作协副主席。1974年开始从事文学创作，曾获内蒙古自治区文学创作“索龙嘎”奖等十多项奖励。出版有诗集《真诚的呐喊》、小说集《寂静的兴安岭》、散文集《在遥远的地方》等五部作品。

岱钦

蒙古族，1949年出生于哲里木盟库伦旗额勒顺公社苏日图艾力。先后在《辽宁日报》《内蒙古日报》担任记者35年。内蒙古作家协会会员。1975年起在《西拉木伦》《花的原野》《内蒙古日报》等报刊发表文学作品，获第九届内蒙古自治区文学创作“索龙嘎”奖。出版《岱钦新闻作品选》《岱钦小说散文选》及汉译蒙、蒙译汉文学作品二十余部，汉译蒙《蒙古族开国将军——孔飞》获朵日纳文学翻译奖。部分作品入选中学课本。

哨所位于海拔八百八十多米的山顶上的白桦林中，居高临下用望远镜观察，哨兵旺楚克的德国造高倍望远镜里，五华里之外的对方军营犹如摆在桌面上的棋盘，一览无遗。

因为这里冬季漫长的缘故，选择冰雪的颜色也许更便于伪装，河对岸的山脚下，对方营房的房舍、院墙、马厩都是用白灰刷的，连训练场上的器材设备，通通都是白色的。训练场上，三十多个士兵从下午开始操练，中间稍作休息之后，教官的口哨声一响，立即重新集合。士兵们站好了两列横队的时候，只见一个士兵从厕所那边提着裤子跑向队列。那个士兵跑到教官身边刚要立正报告，教官的长筒马靴早已踢向他的腿弯处，可怜的士兵立即跪倒在那里。教官一把揪住其衣领，把他拎了起来，令他罚站。其他士兵继续着操练。

白桦林静悄悄的。

旺楚克也曾有过被罚站的经历。那是在新兵连进行队列训练时，有一次走正步时旺楚克迈错了步，打乱了整个队形的步调。时值寒冷的冬天，他在冰包上被排长罚站两个钟头。那次，他恨透了排长。当兵三年的经历使他明白了，当兵的汉子必须严格服从要求，经得起严酷的训练。当兵的人，责任重大，军规如山。

不然旺楚克何必在这寂寞的深山老林的观察哨修炼呢。

观察哨外边的树木被午后的阳光晒蔫了，一片静悄悄。旺楚克的眼睛有点发涩了，从中午到现在，他一个人用望远镜观察，一盯就是两个多钟头。这里的原始森林神秘莫测，黑夜里各种野兽、飞禽发出瘆人的怪声，叫人心惊肉跳。可白天，就像喇叭卡壳的电影屏幕一样，光有画面没有声响。

白桦林静悄悄的。旺楚克躺在床上，眼睛盯着凸凹不平的水泥顶棚，只有挂钟发出嘀嗒嘀嗒有节奏的声音为他做伴。不知什么时候钻进来的一只苍蝇，围着玻璃窗乱飞，东撞西碰，偶尔发出嗡嗡的声音，那个声音，为这本来就很寂寞的房间平添了一份郁闷气氛。对一个人来说，温饱问题解决以后，最可怕的莫过于长年累月过着单调孤寂的生活，尤其对风华正茂的年轻人来说，更加郁闷。

旺楚克和另外两个战士在这距离村庄和连队十多华里的山顶上的哨所执勤，轮一次勤务就是漫长的三四个月。在这种远离红尘单调的生活中，把三个哨兵比作深山老林里的修道士，再恰当不过了。三个哨兵从早到晚以三脚架望远镜为伴，观察对岸。望远镜里出现的都是绿眼睛黄头发穿军装的官兵，偶尔也会出现丰乳肥臀的白皮肤女子扭捏的身姿，那也只是“昙花一现”。

哨所的夜晚总是那么漫长。微弱的烛光下，三个人挤在狭窄的木板通铺上，天南海北闲聊，其中一个一开口说话，另外两人便立刻猜到下面要说的内容，无非又会提起那个中学时班里漂亮的女孩，或者妈妈做的饭菜怎么怎么好吃等等，便觉得索然无味，时间长了就真没啥可唠的话题了。夜半时分，偶有野兽来光顾，爬上窗台，会吓出他们一身冷汗，也因而多了个谈论的话题。三个士兵渴望有机会回连队一趟，下山巡线、回连队取回粮食和蔬菜，会带给他们小孩进城般的激动和欢乐。回一趟连队，可以收到家人亲朋的来信，可以听到一些外面世界的奇闻轶事，也可以见见同乡战友，痛痛快快地唠唠家常，驱赶心中的郁闷。除此之外，还有一个谁都心知肚明，但谁都不便透露的秘密，就是想看一眼村里的姑娘。对天天在队列里看彼此后脑勺的年轻战士来说，姑娘们又黑又长的辫子真是太有诱惑力了。然而，旺楚克从不与两个战士争抢少有的回连队的机会。

白桦林静悄悄的，旺楚克有三个月没有下过山了。

副班长，虽然是芝麻大的官衔，但也是两个兵的头儿。旺楚克认为当头儿就得像个当头儿的样子，更重要的是他是组织上重点培养的积极分子之一，在这一朝一夕之间就有机会填写入党志愿书的关键时刻，作为一名积极分子，要在一切行动上发扬风格，做出表率。因此，旺楚克每次把下山的机会都让给战友。

今天中午，连指导员来电话通知：军区边防服务分队要来给大伙儿照照相，还有文艺演出，并且说，因为是白天，观察哨留一个人执勤，其他两个可以下来。旺楚克又是自己留下来执勤，让两个战士下了山。可是，指导员在电话里有关组织方面的事只字未提，使他感到有点蹊跷。以前，指导员每次来电话，都要求旺楚克认真完成任务，或嘱咐在各个方面给同志们做出表率等等。这是组织上对自己的信任和嘱托。可这次什么要求也没提。难道是常来这里的马勤务小罗递了什么坏话？那可就糟了，四年的努力……年底复员卷铺盖走人？一丝不祥之兆让旺楚克焦虑不安……

哒哒哒……远处传来直升机的轰鸣，旺楚克一骨碌爬起来，拿起小型望远镜就跑了出去。

对方的巡逻机从界河上游向界河下游飞了过来，因为是下午，太阳斜照过来，印在机身上的飞机编号看不清楚。直升机顺着河流飞了一阵，拐弯的时候，旺楚克从望远镜里看清了飞机的编号。他立即在值班日志上记下飞机飞过的时间、方向、速度以及编号。

边境上哪怕一丁点儿小事都需要层层上报，直至北京。旺楚克再次用三脚架望远镜观察对方的营区时，训练的士兵已经回营休息了，唯独那位受罚站的士兵仍然形单影只站在那里。旺楚克把对方训练开始和结束时间记录了下来。他又用望远镜将自己哨所所承担的河段来来回回上下左右搜索了好几遍，并没有发现什么可疑之处。河湾处的柳丛荆棘、山坡上的白桦树林，都在昏昏欲睡，河面上一片寂静。

旺楚克将三脚望远镜向逆时针方向转动了一百二十度，界河上游南岸我边境小村的全貌出现在视野里。军民加起来还不到三百人的边境小村，远远看上去宛若撒落在地上的奶酪团儿，稀稀拉拉。可是，战士们愿意把它比作城市，将横穿全村的满是泥泞的唯一一条路称作“中央街”，把只有一个员工的投递站叫成“邮电局”。位于村南头围墙四角都有碉堡的大院，便是该城区的“卫戍区”——边防站。

边防站大门左边屹立的二十八米高的瞭望塔上，全副武装的哨兵手拿望远镜，警惕地向四周瞭望。营房大院人来人往，一派繁忙，大概是在为接待军区服务分队而忙碌着。

旺楚克的望远镜镜头摇到营房围墙东南角的厕所上便停住了。左手女厕所门外几个女战士围拢站在一起，比比划划不知在谈论些什么有趣儿的话题。虽然她们穿的都是绿军服，可是从齐耳短发上扣的无檐帽、改瘦裤腿显现女性曲线美的军裤，就能猜到她们是服务分队的演员，因为边防站通常没有异性。也难怪，连队成年累月不来几个女性，考虑偶尔来连队探亲的家属，才间隔出一个单蹲位的女厕所。旺楚克突然觉得有点不好意思，赶紧转移镜头。

镜头摇到挨着边防站的公路北侧，一个稍微大点的木刻楞[1]房子，那是村里唯一的“百货商店”——只有两名售货员的小卖部。战士们的日用品全部由部队供应，要从小卖店买的只是香烟、信封信纸之类的日用品。调皮的士兵每每轮到休息日，总是想法找个什么理由，去“百货商店”逛逛，回来便交流“侦察”到的有关两个女售货员的情况。后来还根据两个女售货员各自的特点给人家起了外号。站在西侧柜台后的卷发小个子胖姑娘叫“熊猫”，熊猫动作慢悠悠，说话不慌不忙。而站东侧柜台后的细高挑儿的姑娘，叫“狍子”，狍子有一双扑闪扑闪的大眼睛，是个说起话来喋喋不休的厉害姑娘。获得“狍子”这个称号的主要依据是在一次军民联欢百米比赛上，她创造了把几名战士甩在后面的小组第一名的纪录。两个姑娘长得都白净，匀称。但是，在旺楚克的眼里怎么能比得上娜塔莎呀？当娜塔莎这个名字在旺楚克脑海里一闪现，他望远镜的镜头也不由自主地转到“百货商店”东侧的小学校园。他多么渴望能够看到那个身材窈窕、轮廓鲜明的身影啊……白桦林静悄悄的。

旺楚克认识娜塔莎，是在今年“六一”的时候。

村小学庆祝六一儿童节时，从边防站邀请“校外辅导员”参加。原来的“校外辅导员”是连队文书，正外出学习，连队首长就把能写会画的旺楚克派到学校来。学校俄文老师娜塔莎，兼着美术课，能写能画。于是，从主席台的装饰到板报、墙报的美化全靠旺楚克、娜塔莎俩人的配合来完成。几天的合作中，除了工作上的事儿俩人没有太多的交流。只是互相了解到，娜塔莎中师毕业，父亲是贝加尔湖籍的俄罗斯人，母亲是山东籍的汉族，旺楚克是蒙古族，仅此而已。

---

① 木刻楞：用圆木卯榫的俄式房屋。

边防部队政治教育中有一条内部规定，对河对岸有亲属关系的人要提高警惕，交往要谨慎。公开宣传时，当然要说要尊重各民族风俗习惯，加强军民鱼水关系等等。与其说几年的军旅生活使旺楚克变得在姑娘面前羞怯腼腆，倒不如说是因为旺楚克在处处提防境外有亲属关系的娜塔莎。几天来，旺楚克尽管不敢直视娜塔莎的脸颊，但不时扫视过她拿起剪子剪字时的纤纤如嫩荑的手指和白皙如凝脂的手腕，特别是走近时隐隐约约飘来的香水或雪花膏的香味，不免使旺楚克年轻的心中微微荡起波澜。

六一儿童节前一天晚上，旺楚克、娜塔莎两人在学校加班到夜间十点多。旺楚克为了赶回连队，赶紧戴上帽子往出走。当他刚要迈出门槛的时候，传来姑娘轻轻的声音："你可以送我回家吗？"

旺楚克感到很唐突，回头看见了娜塔莎柔情似水的目光，看见了灯光下娜塔莎犹如玉雕一样的白皙的脸。娜塔莎将父母血统的优点集于一身——微微上翘的鼻梁、轮廓分明的脸庞随了她俄罗斯父亲，而乌黑的头发、水灵剔透的黑眸随了她山东母亲，俄罗斯姑娘特有的深眼眶镶嵌在汉族姑娘洁白如玉的脸上，使她更加活泼可爱……这么晚了谁会看得见，旺楚克这么一想胆儿大了，也就默许了。

风儿轻轻，繁星点点，触手可及，林中湿润而新鲜的空气弥漫而来，兴安岭的夜晚，蔚蓝的天空深邃遥远。而此时的旺楚克无暇欣赏这些，他头一次与一个并不熟悉的姑娘夜间行路，心里总觉得不大得劲，便急步走在前头。

"您慢点走行不？去我们家从这里往东拐。"听娜塔莎这么说，旺楚克才发现自己走错了方向，于是放慢了脚步。

突然，路边一家院子里传来狗吠声。受惊吓的娜塔莎一把抓住旺楚克的上衣后襟。娜塔莎呼出的热气直往旺楚克耳后脖颈处吹来。旺楚克被姑娘温热的呼吸惊得乱了方寸，脚步变得踉踉跄跄，直到到了娜塔莎家门口，才长长松了一口气。

“晚安！”旺楚克按当地民族礼节向娜塔莎告辞。他刚要转过身去，姑娘突然搂住旺楚克的脖子，踮起脚尖在他前额上亲了一口。旺楚克虽然惊愕，但一想到这是这里的习俗，便稍觉放松。当地人高兴或致谢，无论男女老少都以亲吻来表达，不过，当地的民族礼节中或吻手背，或吻前额，或脸贴脸，都有不同的说道，只有情人之间是吻嘴。部队相关条例中有一条，要尊重驻地各民族的习俗。旺楚克觉得，对姑娘的热情举动应该回个礼。旺楚克壮着胆子，闭上眼睛，向姑娘前额努过嘴去——可没想到旺楚克的嘴吻到的，并不是姑娘平展光滑的前额，而是温热柔软的嘴唇……

这个吻扰乱了旺楚克的心思。那个温热的气息和微微翘起来的嘴唇的味道深深润进他的嗅觉里。他喜欢娜塔莎长得貌美可爱、性格直爽善良。显然，娜塔莎也喜欢这位身材魁梧的蒙古族战士。但是，旺楚克知道，他俩没有缘分！军队条例有明文规定，士兵不准许在驻地谈恋爱、找对象，为入党提干而努力的积极分子怎么能够与社会关系复杂的姑娘谈恋爱呢？这个事情一旦被人知道，入党、提干的希望将成为泡影。旺楚克想起马勤务小罗的那次狡黠一笑，心里有点怪怪的……

哨所外传来一种奇怪的声音。旺楚克跑出去一看，只见一只褐色的老鹰从当院嗖地飞上天空。他走到门旁柳条编织的鸡笼跟前一看，发现有几根柳条被抽了出来，不过黄嘴角刚刚褪去的毛茸茸的七只雏鸡，仍然在鸡笼里像绒球一样蹦来跳去安然无恙。没有鸡妈妈的这些雏鸡是吃着哨兵们喂的奶粉、饼干渣渣长大的。

山东籍战士小高探亲，回来时给战友们完好无损地拎回来二十枚家乡的土鸡蛋，几个人吃了十枚后发现剩下的鸡蛋不翼而飞。一段时间后，外号叫“王小欠儿”的战士用柳条筐拎回刚孵出的七只黑雏鸡。原来这个“小欠儿”在山上发现抱窝的老鹰巢，就把那十枚鸡蛋放进老鹰的巢里边，借老鹰的体温，十枚鸡蛋孵出了七个鸡崽儿。七只雏鸡加上三名哨兵，成了“十口之家”，哨所增添了不少欢乐。

那只老鹰贴着树梢飞来飞去，啁啁的声音里听不出食肉猛禽捕猎时的凶猛气势，倒是有点为母者失去儿女的哀痛，苍鹰是来寻觅它用自己体温孵出来的雏鸡的。旺楚克停顿片刻，不知咋想的，把那些雏鸡从鸡笼里放了出来。雏鸡满院撒欢跑，看到雏鸡的老鹰落在当院，小心翼翼地把那些雏鸡们围拢在翅膀底下。旺楚克惊叹不已：自古以来，老鹰本是鸡的天敌，眼前的天敌竟然如此温存，真可谓大千世界，无奇不有。由此可见，朋友与敌人的界限不是一成不变的定律，而是随着环境条件的变化而变化的。

当旺楚克把最后一只雏鸡放在手心上轻轻地抚摸时，可爱的小东西用火柴棍粗细的小爪子挠他掌心，那股蠕动的感觉乖舒服的。小东西突然撅起小屁股，呲儿一下拉了一泡稀糊糊，旺楚克不但没有恼火，反而放声大笑了起来。

回到观察室，旺楚克又用望远镜扫视了一遍，训练场上被罚站的那个士兵不见了，深谷的白桦树林一片寂静。

日头偏西，山林的影子拉得很长很长，像是一幅版画。该做晚饭了，下山的两个战士还没回来，旺楚克得等他们。他坐在床上，从铁盒里拿出一块部队巡逻时吃的压缩饼干啃了起来。无所事事的时候往往容易想入非非。娜塔莎自从那次上山来受了委屈，回去以后，就再也没见到她人影。想到自己曾经往人家火热的心肠上泼了一瓢冷水，旺楚克不由自主地鼻子发酸。

那是一个月前的一天下午，内地一个什么演出团来村里演出。作为积极分子的旺楚克照例让两个战士下山看演出，自己留下来执勤。

突然听到屋外有树叶的响动，他出去一看，那个拽拉着路边的树枝，扶着石砬子爬上山来的人，是娜塔莎。

娜塔莎满脸彤红气喘吁吁地来到旺楚克面前，汗水顺着两腮往下滴。被汗水浸湿的布拉吉[①]的开领紧贴着隆起的前胸。她歪着脑袋向旺楚克微笑，大眼睛一眨一眨，睫毛上的细汗如碎玉飞落。

哨所附近属于军事管制区，不允许老百姓靠近，更何况社会关系复杂的人。这高地上有很多战备设施，明堡暗碉，即使是边防站的战士，如果没有特殊任务也禁止在这里走动。除了三名哨兵之外，可以随便进出的只有两天一趟往这里送水的连队马勤务小罗。这样的地方怎能允许娜塔莎来呢？旺楚克慌了神儿：“你来这里干吗？”

娜塔莎误以为旺楚克在和她开玩笑，她捋了捋沾在鬓角上的长发笑着说：“今天观看演出的战士里边没有你，我猜你一个人在这儿值班，就过来了。怎么，不欢迎？”说着她把手伸过来，要与旺楚克握手。

连队的小花狗顺着小路跑进院子里来，桦树林那边传来马匹打响鼻的声音，是马勤务送水上来了。旺楚克一急之下说了声“不欢迎！”便把娜塔莎伸过来的手挡了回去。

常来哨所，吃惯了这里残羹剩饭的小花狗一看旺楚克的手势，判断对方不是自己人，朝娜塔莎吠叫起来。娜塔莎吓得倒退了几步，很快眼里噙满泪水，顺着刚才来的小径跌跌撞撞地跑了

---

① 布拉吉：连衣裙。

下去。

望着用衣袖擦着眼泪的娜塔莎的背影消失在树林里，旺楚克心生一股怜悯悔恨之情。

“你和谁说话呢？”马勤务小罗来到跟前，从马背上卸下装水的两个大塑料桶子。

“没有呀！”

“好像是女人的声音。”

“大概是你的心理作用吧？”

“小花狗不会咬你吧？嘿嘿……”马勤务话里有话，一脸坏笑，旺楚克浑身起满鸡皮疙瘩。话不投机，马勤务赶忙转移话题闲扯了几句，便下山了。

马勤务是连里的老兵，他和旺楚克一样，也是组织重点培养对象。换句话说，是旺楚克的竞争对手。如果他对刚才的事起了疑心，那可就要麻烦了……

“叮铃铃、叮铃铃……”突然，电话铃响了。旺楚克吐出口中干嚼的压缩饼干，拿起了听筒。“是旺楚克吗？我是指导员。你赶紧打好行李准备下山。接替你的李班长和你们那两位马上就要出发上山了。”

“是！”旺楚克就像新兵听到紧急集合号声一样，一激灵，感觉腿软了。

放下听筒，旺楚克猜想这次下山说不定要参加今年复员战士学习班吧？唉，旺楚克，旺楚克，也许是凶多吉少呢。

深山谷里的桦树林，依然静悄悄的……

原载小说集《寂静的兴安林》，内蒙古人民出版社 2001 年版

译于 2018 年

草原蒙古人家

瓦·沙仁高娃 著
朵日娜 译

瓦·沙仁高娃

本名沙仁高瓦，蒙古族，1962年出生。自1985年开始写作，出版有小说集《三个女人》。作品曾获第八届、第十届内蒙古自治区文学创作“索龙嘎”奖。部分作品被翻译成汉文。

朵日娜

蒙古族，1971年出生。内蒙古翻译家协会副主席。在《文艺报》《民族文学》《联合报》（台湾）《译林》《诗林》等刊物发表蒙译汉作品多部，出版长篇译作《阿拉善风云》（又名《遥远的大漠》）、《断裂》，散文译著《饮马井》、《在诗的深处》（与宝音贺希格合作）。译作《草原蒙古人家》获2011年《民族文学》年度奖，《胡日齐阿兀》获第十二届内蒙古自治区文学创作“索龙嘎”奖。

我答辩完博士论文，简单收拾好行囊，便乘上开往吉日格图草原的班车，去看望色布吉德玛额吉。班车行驶在凸凹不平的草原小路上，被颠簸得虽然有点辛苦，心里却有一种说不出的幸福感。母亲在世的时候，对我说过多次，“抽时间去看望一下色布吉德玛额吉吧！她很想你。”母亲的这个嘱托我却一直未能完成。色布吉德玛额吉是哺育我长大的母亲。听母亲说，在我还未满月的时候，她就把我寄养在色布吉德玛额吉家，等我长到五岁才把我接回城里。也许五岁孩子还不能记住太多的事情，我虽然知道养育我长大的额吉，但她究竟长什么样，记忆里却是一片模糊。每当从电视或杂志上看到蒙古族老妇人的影像，就觉得那就是我的色布吉德玛额吉。

我下了班车，来到了母亲经常说起的蒙古高原最北端的吉日格图草原。一股清新的空气顺着呼吸飘近了我的心扉。碧绿的草原无边无际地蔓延，蓝蓝的天空飘浮着朵朵白云，远处的山包上有一座蒙古包。这是梦境！不，这是画的世界！不，这是真正充满绿色生机的大自然。耳边仿佛响起了《草原蒙古人家》的旋律。我虽然会唱这支歌，却从未像今天这样真切体会过歌词的内涵。这首歌仿佛沐浴了甘霖的小草，突然从我的记忆深处冒了出来：

小马驹瞌睡的正午
额吉做好奶酪等待儿归
将鲜奶酪分于孙儿
祭祀远山的神仙
黄羊野驴不会受惊的草原上
寂静中的草原人家安宁祥和……

我仿佛看见了做奶酪的色布吉德玛老额吉在干活儿的间隙，手搭凉棚眺望远方的情景。这支歌从我心间缓缓流淌，变成硕大的太阳，然后化成雨露慢慢地融化。我似寒冬的冰雪在阳光的照射下，融化成小水滴，热血沸腾，全身滚烫。我打了个寒颤，心房就像难以驯服的野马，剧烈地跳动，热泪模糊了我的视线，我的身体与灵魂一同燃烧起来。

草原蒙古人家就在那里。哺育我的色布吉德玛额吉也在那里。那座蒙古包就是我的家，这辽阔草原就是我的家乡。心灵深处珍藏已久、寻觅已久的蒙古人家就在眼前。我难掩激动的心情，大声呼喊："我回家了！"

我一步步走近那个蒙古包。思绪如辽阔草原般宽阔起来，在无边的天空上遨游着；心情如翻滚的波澜，久久不能平静。我打开画板，一口气画了绿野、蓝天、白云、蒙古包前手搭凉棚的老额吉。当画好这一切，抬头望四周，除了老额吉一切都真真切切地存在着。从蒙古包那边，一个汉子拖着套马杆骑着黑骏马向我直奔而来。快到我跟前时，他一手扶着套马杆，一手拽着马缰绳下了马，牵着马走到了我面前。我注视着这个男人。他走路的神态多像摔跤时的鹰步，不，这应该是男人的步伐，真正蒙古男人的步伐吧！他走路的神态给了我非常美好的感觉。他向我问安："你好。"宽脸庞上颧骨凸起，浓浓的眉毛下面两只眼睛格外明亮，黝黑的脸颊上牙齿显得特别白。"画得真好。"他用低哑的男中音再次跟我打招呼时，我才恍然回过神来，忙说："你好。"他看了我一眼，说："真有本事，把我家画得这么逼真啊！"他惊奇于我画功的当儿，我却只顾琢磨他的长相了。

"你这是从哪儿来？要到哪儿去？"

"我从北京来看望色布吉德玛额吉。她住在这儿吧？"

"你这是要去色布吉德玛额吉家呀？那你肯定就是琪琪格。我叫布日古德，这是我家的夏营地。"

"我叫浩碧斯哈拉琪琪格。名字太长，人们就把琪琪格去掉叫我浩碧斯。"

"浩碧斯？怎么把那么好听的琪琪格去掉了呢？草原上最美的就是琪琪格。还是把浩碧斯去掉，叫琪琪格吧！色布吉德玛额吉就叫你琪琪格。"

"哦，那你认识我呀？"

"色布吉德玛额吉经常念叨你。我们这里的人都知道。"

"额吉现在在哪儿？你带我去见她吧。"

"你先去我家喝茶歇一会儿！我去把马群圈回来。这附近除了我家没有其他住户。"他说完拿起套马杆，骑上马就消失在草原深处了。

短短的这一瞬，这个男人给我留下了深刻印象。我坐在绿草丛中，开始画这个男人和他的黑骏马。他那轮廓分明的五官、走路的神态、健壮的身材和骑在马背上的雄姿，在我的画板上缓缓展现。他叫布日古德，这幅画就命名为"布日古德"吧。布日古德是草原上的雄鹰，草原雄鹰无论自然环境多么恶劣，都会以顽强的韧性战胜一切，临死都朝着天空飞翔，为的是不把尸骨落在地上。想到这儿，我的热血又一次沸腾起来。

当我开始画这个蒙古男人，把他联想成翱翔在天空上的雄鹰时，蒙古汉子威武雄壮的形象已经浮现在眼前。我们的先辈——蒙古族的英雄们就是凭借着这样的英勇气概与强盛气势，战胜了人类历史上的种种困难，征服了欧亚大陆。想到这儿，我有种语言无法表达的冲动，握紧手中的画笔，努力将心中的自豪与欣喜全都表现在这幅画上。

夕阳将朵朵白云晕染成红色，一望无际的草原绿浪滚滚。朵朵红云的映衬下，马群如潮水，嘶鸣着，奔腾着，在慢坡那边的潺潺小河边停下来了。牧马人布日古德手握长杆伫立在坐骑旁，显得更加雄壮强悍。饮足水的马群缓缓离开河边。布日古德翻身上马，在马群中穿梭奔驰着扬起套马杆套住一匹三岁子公马后飞身下马，抓着那匹马的尾巴，将它撂倒在地，捆住了它的四蹄。这一切就像老鹰抓小鸡般刹那间结束。他拖着四蹄被困住的那匹小公马，朝河边走去。他蹲下来用大手掌掬起水，清洗着公马发炎的伤口。眼前发生的一幕让我惊呆了，简直就是大力士！一匹三岁公马几秒钟内就被他制服了，还有什么能逃脱他的掌心呢！布日古德帮小公马清洗完伤口，松开了捆其四蹄的绳索。重获自由的三岁子小公马起身奔向马群。

布日古德把我请进蒙古包后，动手准备起晚饭。我坐在包里喝茶。微风夹杂着花草的芳香缓缓吹进包里，我的心胸顿时像草原般宽广起来。锅里飘着羊肉汤的鲜香味，我的胃似乎也不痛了。我好奇地环视蒙古包内的摆设，发现这里没有一件关于女人的物品，便狐疑地问布日古德：“你一个人住在这里？”“是啊。媳妇和女儿都在羊群那边呢，我跟着马群自己住在这边。”我有些发慌。原来这片荒无人烟的大草原上只有我们两个人，刚刚套马的情景又浮现在眼前，我更加不安了：“真没想到就你一个人住在这里。”“那有什么，我也不会吃掉你。”他露出洁白的牙齿笑了起来。他不费吹灰之力，一个指头就能把我戳倒在地。想到这儿我更加担心自己的处境：“要不吃完饭，你就把我送到额吉家吧。”“唉，你呀，见不到她老人家了。老人家两年前就走了。她经常说起你呢。”“额吉怎么了？”“额吉已经升天了。”布日古德低下了头。我默默地呆坐着。

晚饭好了。他盛了一碗羊肉面条端给了我，我却吃不下。额吉去世的消息，还有今晚住宿的问题困扰着我。我的胃又痛起来了，痛得似乎更厉害了。我连半碗面条都没能吃下，布日古德却吃下了整整一锅面条。我拿出胃药正要喝，他问：“怎么了？”“胃痛。”他端来一碗酸马奶递给了我，说：“喝吧，吃药不如喝酸马奶，喝上十天半个月就见效了。”十天半个月？今晚就想走，还十天半个月！我心里虽然这么想，却没好意思说出来，感谢人家的一片心意，喝下了这碗酸马奶。

晚饭后，布日古德帮我铺好床，自己抱着一套被褥走出了蒙古包。

“你要去哪儿？”

“我在外面的勒勒车上睡。”

“勒勒车上能睡吗？”

“怎么不能啊，我经常睡在那里，没关系的。”

我躺在床上，反倒觉得让人家睡在外面不合适。叫他进来睡在那边？可是跟一个几乎陌生的男人睡在一个包里，算什么呀！套马的情景又浮现在我眼前。

我失眠了。半弦月从套脑窥视着我。指甲状的半弦月仿佛就挂在头顶，连那弯弯的两角都那么清晰。凉爽的微风从套脑飘进蒙古包，轻轻地抚摸着我；花草的芳香伴着潮湿的空气融入了我的心田。青蛙的叫声、蝈蝈的叫声、马打响鼻的声音和男人打鼾的声音在耳边化成交响乐。布日古德的鼾声从一毡之隔的包外传进来，心里既踏实又幸福。《草原蒙古人家》的旋律在耳边轻荡：

月亮歇息的原野上
畜群安详吃草自由散落
我与星星轻声耳语
柔软的草甸上将马绊
黄羊野驴不会受惊的草原上
寂静中的草原人家安宁祥和……

不知不觉中，我在歌声的怀抱里安恬地睡着了。

早晨起床后，我走出包外。露水在草尖上打颤，一股潮湿的芳香从地表上升腾。布日古德已经拴好小马驹，正在挤马奶。看到他用粗手指那么娴熟地挤马奶，我除了惊讶还是惊讶。他微笑着问我："休息得可好？""嗯，挺好。让你睡在外面，真不好意思。"我说着客气话。"没关系。夏天睡在外面可好了！琪琪格，喝完早茶，我带你去看色布吉德玛额吉。"他居然叫我琪琪格！只有母亲才这样叫我。原来色布吉德玛额吉和吉日格图草原上的人们都这么叫我。一股暖流在我心里流淌。

我们去拜谒色布吉德玛额吉的路上，布日古德给我讲起了吉日格图草原和黄羊的故事。每当秋季来临，花儿凋谢草籽成熟时，成群的黄羊便追逐着草籽的芳香，越过边境线，漫山遍野地迁徙到这里。黄羊与金色的秋景交相呼应，一片金黄，简直美不胜收。那场面别提有多壮观了。每年，送走最后离开的一群黄羊后，布日古德才会返回秋营地。我骑着布日古德帮我挑选的一匹温顺的马，由他牵引着缰绳，在吉日格图草原的朝霞里，欣赏着美丽的晨景，竟然看到了草原上的海市蜃楼。记得母亲经常回忆，吉日格图草原的海市蜃楼有时像山峦，有时像沙海，有时像城镇，总是变幻莫测。头一次看到这样的奇观，我简直不敢相信自己的眼睛。这一切却真真切切地浮现在眼前，我不由得惊叹大自然的神奇。

我们来到一处小山包附近，布日古德示意我下马并说："色布吉德玛额吉就在这里长眠。"这里草深花繁，根本看不出有坟茔的痕迹。我问："我怎么看不见，在哪儿？"他说："额吉已经融进了大地的怀抱。""额吉患的什么病？""怎么说呢，老人总是觉得身体疲劳，也没有什么明显的病症。有一天，她在拾牛粪的路上，倚着牛粪筐就永远离开了我们。额吉没有子嗣，我就把老人安葬在这儿了。""那她的儿子呢？"我听母亲说过，额吉有个儿子。"老人的儿子在十岁时就夭折了。她一直自己生活。总是把我们当成自己的孩子一样来爱护。""是吗？我知道额吉与母亲经常通信，可她从来都没说过失去儿子的事情。我母亲也没给我讲过这些事情。""额吉从来都不会把自己的悲伤告诉别人。她经常念叨你，说你有多漂亮，有多聪明，还说你本事可大了。老人把你的照片总揣在怀里，经常拿出来给人家看，后来都揉皱了。"

我后悔自己没有早点回来看望额吉。原来草原上的蒙古额吉的生活与死亡竟如此平凡与可怜。我望着承载这一切的茫茫草原，像是犯了大错的孩子，再也抑制不住悲伤的泪水，哭了起来。回去的路上，一股无形的力量在心中升腾，我是生在草原怀抱，吮吸草原额吉乳汁长大的孩子。我从布日古德手中拿起缰绳，与他策马奔驰在草原上。

我们快到他家附近时，远远看见一个女人领着一个小女孩赶着勒勒车，停在布日古德的蒙古包前。她卸完车，晾晒起布日古德昨晚盖过的被子，从那娴熟的动作上判断，她应该就是这家的女主人。我心里又忐忑不安了，女主人不在家，我就跟人家的丈夫单独过夜，怎么说得清楚！她会不会找我的麻烦或跟丈夫吵架呢？在我胡乱猜疑的时候，那个女人领着女儿迎着我们走过来，向我问安："你好。""好，你好。"我连忙回礼。她扶我下马，帮我把马拴好了。蒙古包里，她女儿看到我昨天画的画，大喊起来："额吉，你看，把咱们家画得多好看。"那女人看了一眼画，上下打量着我说："画得真好啊！"布日古德在一旁说："她就是琪琪格，来看望色布吉德玛额吉。""哦，我说呢，好像在哪儿见过。原来在额吉那儿看过你的照片。你看起来比照片上瘦多了。""嗯，我有胃痛的毛病。吃不下东西，所以就……"她盛了一碗酸马奶递给我，说："喝吧，喝上十天半个月就见效了。"跟布日古德昨天说得一模一样。她看了一眼布日古德，接着说："把花骒马和黑骒马也拴起来挤奶吧。开始不要让她喝太多，慢慢加量，每天喝一点。对身体没有副作用，放心喝吧！""姐姐，我下午就要走了。""怎么这么忙？把胃养好再走吧。色布吉德玛额吉不在了，不是还有我们么？从那么老远来了，多住几天吧，就当是回家了。"她女儿也说："别走了。留下来教我画画吧。额吉，我想让阿姨教我画画。""行，行。你要是学好画画，不帮我干活都行。"布日古德也说："我女儿爱画画，我却不太赞成。看了你的画，还真改变看法了。"说完自己笑了起来。"姐姐，我还是想走。让大哥住在外面实在不好意思。""没关系的。这不算什么！你就放心住一阵子吧！你们城里人在这儿住不习惯倒是真的。我把女儿留在这儿给你做伴。她呀，跟你还不太熟呢，一旦熟悉了，就像小鸟一样每天叽叽喳喳叫个不停。"

从那天起，我在草原上的生活真正开始，与布日古德和他女儿易日桂生活在这片草原上。我每天帮他们做一些力所能及的活儿。易日桂寸步不离地跟在我身后，就像草原上的小百灵鸟，叽叽喳喳地问着一些好奇的问题。我教她画画，给她讲有趣的故事和自己经历过的一些事情。布日古德像个小学生，坐在一旁听我的讲述，有时跟女儿争着提问。我发现自己竟这么能说。平时上班，上两节课下来，累得浑身散架了似的疲惫不堪，现在整天唠唠叨叨都不觉得累。大多时候，布日古德只是听我们说，有时也会给我们讲草原上流传的美丽传说、自己的经历和参加那达慕时如何夺得摔跤冠军等等。我渐渐发现易日桂有很好的绘画天赋。有一天，她问我："我怎样才能成为一名成功的画家呢？我要是像你一样画什么像什么该多好！"我告诉她："绘画时临摹景物并不难，只要参加培训，经过专业训练就可以做到。难的是怎样用心去体会，把心灵深处要表达的东西呼唤出来，这样画出来的东西才是真正有血有肉的作品。不要着急临摹别人作的画，而是把心中最想表达的东西画出来就好。你试一试吧。"易日桂把最近画的一幅画，拿来给我看。画的是站在草原深处的一个女人的背影。"这是谁呀？"我问。"你和我额吉。"我又问："为什么是背影？""你不是说要画自己心中最想表达的东西吗？在我心里，爱你如同爱自己的额吉。如果画正面，人家一眼就看出来画的是谁了，画背影嘛，想象是谁就是谁。"

她的这一番解释，让我流下了激动的泪水。我亲着她的小脸蛋。她用小手给我揩拭着眼泪："阿姨，你怎么了？""阿姨高兴呢，你肯定会成为有作为的画家。"我擦干眼泪，牵着易日桂的手，朝着在河边拉水的布日古德跑去。我俩上气不接下起地跑到他跟前。他奇怪地问我们："你俩这是干什么呢？""我决定以后每到假期就带你女儿去我那儿学绘画，让她考美术专业，当我的学生，我要把她培养成一名画家。"我一口气连着说了许多话。布日古德说："就看这姑娘有没有那个福分了？""有啊，当然有啊，我要像培养自己的女儿一样培养她。"我又上气不接下气地回答道。

晚上睡觉时，易日桂钻进我的被窝，问我："你今天跟我阿爸说的是真的吗？""什么事？""假期带我去学绘画的事情呀。""当然是真的了，一到假期你就去我那儿学绘画吧。"我紧紧地搂着易日桂，易日桂也紧紧地搂着我。她搂着我渐渐入睡了。我搂着这个柔嫩的小身体，她的呼吸吹在我的脸颊上有点痒，心里却洋溢着一种从未有过的幸福。我捋着她的黑发，抚摸着她的额头，亲着她的小脸蛋。一股从没有闻过的芳香扑鼻而来。我断定这就是花的芳香，草原上生长的花的芳香。我的这个结论就像额吉和布日古德喜欢叫我琪琪格一样斩钉截铁。什么花能有这样的芳香？这种香味实在太好闻，不但区别于名贵香水的香气，还胜过所有名贵香水的香气！从那天晚上起，我每晚都搂着易日桂花香的身体入睡。如果不是为了追求学业，我也会结婚生子，孩子也跟易日桂差不多大了吧。我却越学越远，研究生毕业读博士，学到了满脑子的理论，可到现在连个家都没有，更不用说孩子了。事业方面同样糟糕，学了这么多年，被同行认可的一幅像样作品都没有。想到这些，我不禁沮丧起来。色布吉德玛额吉那么疼爱我，用洁白的乳汁养育我长大，我却一次都没来看望过额吉，跟她老人家最后一面都没能见上，这是我终生的遗憾。躺在大地母亲的怀里，望着蒙古包的套脑，想着难以割舍的母子亲情的种种情景，心想这也许就是母性的本能，可这个本能却让我遗忘了好多年。所以，我才时常感到空落孤寂。现在虽然暂住在别人家里，搂着人家的孩子，每天有说有笑的快乐却让我感受到了家庭的温暖。我将这一对本不相识的父女视为自己的亲人时，更加可怜起每晚都睡在包外的布日古德。

第二天起床后，我对布日古德说："从今天开始你就跟我俩一起住在包里吧。"他微笑着说："没关系，包里太热，我睡不着，外面凉快着呢。我的呼噜声可厉害了，会吵得你们睡不着。”他依旧睡在勒勒车上。其实我已经习惯了他的呼噜声。如果听不到这个鼾声，我的心都会空落。

转眼间，我已经在这里生活了二十多天。胃痛一天比一天见好，饭量也增加了不少。这一天，布日古德的妻子骑马赶来，说布日古德的老母亲把腿摔骨折了，没人照顾，要带易日桂回去照看祖母。易日桂临走时什么也不说只是抱着我哭，我也不知说点什么好，跟她一起流泪。布日古德的妻子临出门前，对我说：“把胃病彻底养好再走，也好给我老公做个伴儿。”这个女人的善良感动着我脆弱的心，我的眼角又一次湿润了。易日桂把那幅背影画送给了我。这对我来说是一件异常贵重的礼物。

晚上，我跟布日古德面对面坐在一起吃晚饭。易日桂走后，这里变得出奇的安静，整个世界都悄无声息，心里不免产生了几许孤单。布日古德见我愣愣地发呆，一口饭也不吃，就问：“怎么了？”“想易日桂。有个小孩子多好，我要是有个孩子这辈子也没什么遗憾的了。”“你们俩相处得真好。”“你喜欢丫头，还是小子？”“都喜欢。”“你们家要是有个男孩儿肯定像你。这丫头多像你妻子呀，那么好看。”“嗯，要是有个儿子我就把摔跤服留给他，这丫头嘛，长大了会做什么呢，现在我知道了，她要是能像你，成为一名画家就好了。”“我肯定能帮你实现这个愿望。”“好，真好，我老婆给咱们送来了新酿的奶酒。就当庆祝女儿的美好未来，咱俩喝点吧。”他斟满两碗酒，递给我一碗。我接过酒说：“你真幸福，有那么好的妻子，那么懂事的女儿，祝你们全家幸福。干杯！”跟他干杯时，我的眼角湿润了。奶酒的味道简直太美了。我又想起了易日桂，便说：“易日桂这会儿不知在干什么呢？”“肯定跟她妈妈一起谈论你呢。要不就是把从你这儿听到的新奇的见闻讲给她们听呢。”我再也抑制不住泪水，哭出了声。布日古德用他的大手给我擦拭了一下眼泪，把碗里的奶酒一饮而尽。我俩谁也不说话，就这样一碗一碗地喝着酒。

布日古德从怀里掏出一个雕刻着两只鸳鸯的翡翠鼻烟壶递给了我，说：“送给你。”说完就把一碗酒喝干了。“这是从老人那儿传下来的吧？这么贵重的礼物我不能收。”布日古德给我讲起了关于这个鼻烟壶的故事：“大约在我六七岁的时候，一个大雪纷飞的日子，满头白发的白胡子老爷爷骑着白马，来到了我家。别提他有多威武了。我当时就想，长大后也要当这样的男子汉。老爷爷把这个翡翠鼻烟壶交给我祖母就走了。祖母临终前又把它交给了我。后来听人们说，老爷爷的家乡在山那边很远的地方，谁都不知道他是怎么翻山越岭来到这里，又返回去的。听说他是远近闻名的摔跤手，是真正的蒙古汉子。他从很远的地方换乘两匹马，来到祖母身边看望她。人们说，他才是我的亲爷爷。关于老人的传说有很多。我一辈子也忘不了只见过一面的老人家。这个鼻烟壶就是他老人家用过的东西。”说完就把鼻烟壶塞给我，一口喝干了碗里的奶酒，走出了蒙古包。我拿着这个翡翠鼻烟壶，心里沉重无比。我手中的这尊鼻烟壶里有着草原蒙古人的生活和爱啊！我随布日古德走出了蒙古包。刚一出门，身体就摇晃起来。两条腿根本不听使唤。我说：“我都快站不住了。”“喝奶酒就这样，见风酒劲就会上来。”他像抱孩子一样把我抱了起来，我顺势搂住了他的脖子。那瞬间我看见无数颗星星在夜空中闪烁。

“好多的星星啊！多么晶莹剔透，我从没见过这么多星星在天空上闪烁。”布日古德说：“是啊，今晚的星星真是清澈透明，明天肯定是个好天气。”“草原真美啊！”“那就多住几天吧！”他看着我，呼出的热气扑着我的双颊。他把我放在床榻上，轻轻地亲了我一下说：“睡吧！”我的手却不肯从他脖颈上移开，紧紧地搂着他。这是人的本性，在我身体里隐藏已久的爱被呼唤出来了。布日古德紧紧地抱住了我。我飘飘欲仙，进入了另一个世界。

金鹰衔着一轮太阳从套脑飞进蒙古包。金鹰将太阳放在我掌心，又从套脑飞出去了。在我掌心的太阳的照耀下，整个世界一片火红。那轮红红的太阳缓缓地融进我掌心时，我慢慢睁开了双眼。在我眼里，蒙古包的哈那、套脑，就连从套脑照射进来的阳光都是红色的。我抚摸着自己的身体，虽然还是原来的我，却已经燃烧成了炽热的火焰。身体在燃烧，心也在燃烧，压抑已久的爱和身体里隐藏许久的本能在燃烧。我对自己的身体、心情、人类的生活和幸福有了新的认识。如果说我是赤裸裸地出生在这片草原上，现在又在这片土地上变成了真正的女人。布日古德提着水桶走进蒙古包。在我眼里他那健壮的身体也像燃烧的火焰一样。他走到我跟前说："醒了吗？我怕苍蝇骚扰你的美梦，把红纱巾蒙在你脸上了。现在要掀新娘子的红盖头了。"说着就把红纱巾掀开了。我已经化作了一团火，又一次将他燃烧。

布日古德的妻子没有再来，打理羊群抽不出时间吧？女儿易日桂也没来，照顾祖母走不开吧？我的胃病早已痊愈。我该回去了，布日古德却一定要我留下来，要我等到草籽成熟的季节，看一眼遍野的黄羊群再走，还说来到吉日格图草原不看黄羊群，简直太遗憾了。黄羊群一个不落地返回去之后，布日古德也该回秋营地了。我在心里感谢吉日格图草原的花草，感谢着辽阔无边的草原。

九月一日开学的日子很快就到了。我不能再耽搁，必须回去了。我俩说好，布日古德把我送走后，就返回秋营地。那一夜，我倾听着布日古德的心跳声，在他的怀抱里迎来了又一个黎明。当黎明之光从套脑照进蒙古包，屋里开始亮起来时，布日古德披上衣服走出了蒙古包。他一出门便喊了起来：“太美了。琪琪格，快来看啊！”

他跑进蒙古包双手将我托起，我们来到包外。原来从蒙古包到河边，再到整个草原深处，极目所望之处满是黄羊。我第一次看到这么壮观的景色。

“真美！哪儿来的这么多黄羊？”我不禁大惊失色。

“快画吧！它们也想成为你画中的主角才跨过边境线，翻山越岭来到这里。”布日古德高兴地大声嚷嚷。我回到蒙古包把画板拿出来，问他：“能不能再靠近一点？走进它们中间会不会让它们受惊？”“不会的。它们知道我们不会伤害它们。”他牵着我的手慢慢靠近黄羊群。我俩选好了取景点，就坐下来了。我依偎着布日古德宽广的胸膛，他用双手环抱着我。

“多美啊！画吧！”我能感觉到他的心跳。我俩仿佛合为一体，欣赏着眼前的这一美景，惊叹着、陶醉着、描绘着……就在这一瞬，我已融进布日古德的胸膛，我俩已经融进大地的怀抱，黄羊群仿佛也已融进了我俩的心房。我俩的爱与呼吸已幻化成鲜艳的色彩在画板上展现。他在我耳边哼起我最爱唱的《草原蒙古人家》：

驼羔嘶鸣的驼群旁
黎明来临太阳升起
以奶茶祭祀远方
草原人家迎来清晨
黄羊野驴不会受惊的草原上
寂静中的草原人家安宁祥和

“我在这儿还得住几天。”布日古德说。“为什么？”“我要看护黄羊群。有些人专打它们的歪主意。”“那我陪你。我画它们。”

我们看护着黄羊群，又住了十天。学校早已开学，我不能再耽搁了。布日古德看出我在着急，就说：“你还是先回去吧。我等黄羊群都离开后，再回秋营地。”只能这样了。我不想离开吉日格图草原和草原上的这户人家，还有黄羊群和我心爱的布日古德，可是不能不去工作，只好与他们说再见了。布日古德备好马，把酿好的酸马奶装进塑料桶，递给了我。我说：“我的胃病已经好了。不需要这么多。”他却说：“除了这个，也没有什么可相送的。拿上吧。”我把画笔统统留给了易日桂，又把正在用的护肤霜递给布日古德说：“给你妻子的。”他接过护肤霜，将我拥在怀里嗅闻着我的脸颊。我把易日桂送给我的那幅画拿出来给他，说：“易日桂画的。她说这是她心里最爱的两个女人。就用你女儿的画来表达自己的心意了。其实这两个女人的心是一样的。”他接过画，看了半天，说：“还是我女儿聪明，多好的构思。不用看转过去的脸庞，一想就明白了。”他把画揣进了怀里。

布日古德送我到路口。我们看见几个男人在前面不远处围着一辆汽车忙活。车轮陷在泥泞里，越是往前推，陷得越深。布日古德说：“行了。你们把大地都快弄出窟窿了，想干什么？”“帮我们想想办法吧？”“你们是什么人？是不是来这里狩猎黄羊的？要是想猎黄羊，就别想走出这里！如果有别的事，我帮你们把车弄出来，赶紧给我离开。”“不猎黄羊，我们是来草原游玩的观光客。想法帮我们把车弄出来吧！”“你们可不要骗我！”“不骗你，是真的。”其中的一个边说边掏烟，希望布日古德能帮助他们脱离困境。布日古德上前用双手使劲往前推车轱辘，车从泥坑里被推出来了。他往前推了几步后，把车头掉转过来说：“好了，请你们回去吧！”那些人点头哈腰地上车后掉转车头，直奔黄羊群驶去。黄羊们正在悠闲地吃着草。

“说话不算数的家伙！”布日古德翻身上马，朝着汽车追了上去。黑骏马虽然以最快的速度奔驰，可四条腿的动物怎能赶得上汽车？布日古德几乎与汽车同时赶到黄羊群旁，黄羊群受到惊吓乱成一片。我听见了枪声。布日古德从马背上滚了下来。偷猎者开着汽车以飞快的速度逃离了现场。我拼命地朝布日古德跑去。当我跑到他身边时，看见从他胸口里流淌着鲜血。他的大手掌捂在伤口上，人已经昏迷。黄羊群就在刚刚的一瞬之间全都消失，只有几只受伤的黄羊横七竖八地卧在周围的草地上。黑骏马拖着缰绳守候在主人身边。我解下红头巾，为布日古德包扎伤口，呼喊着他的名字。他昏迷不醒，揣在怀里的那幅画已被血染成红色，画中女人已经模糊不清。我好无助，不停地呼唤着他的名字，他慢慢地苏醒过来，用微弱的声音对我说：“快，快去报案。”“不，我不能把你扔在这儿。”我流着泪对他说。他紧攥着被血水浸红的画说：“我不想扔下你们就这样离开人世，赶紧去叫医生……”我这才如梦初醒，骑上黑骏马拼命地奔驰。

警车与救护车几乎同时到达。布日古德紧紧攥着女儿画的画，已经离开了这个世界。

今年夏天，花儿为什么迟迟不肯凋谢？今年秋天，黄羊群为何留恋不肯离去？我又是为什么痴迷于这户人家呢？该回去了。我与长眠于吉日格图草原怀里的布日古德做最后道别时，草原上的花儿已经凋谢了。飘荡在草原上空的歌声似乎也消失了。黄羊群不见了。布日古德的妻子把蒙古包卸下来，将这个家搬回了秋营地。我亲爱的布日古德化作真正的雄鹰在蓝天上飞翔，朝着深蓝的苍穹高高地飞翔着。没有了鲜花，没有了黄羊，没有了嘶鸣的马群，没有了蒙古人家的吉日格图草原一片寂静。今年的霜冻来得较早，一夜间草原上的好多植物都被冻死了。偷猎者落入法网，得到了应有的惩罚。但是一切都不能复返，时光不会倒流，吉日格图草原空落孤寂。我的画册上却留下了城里人不曾看到过的吉日格图草原的美景。吉日格图草原的生态环境、勤劳牧人的生活，以及发生在那里的丑恶行径在我脑海里成了永恒的记忆。在我心底深处，布日古德依旧活着。绿绿的原野、白白的毡房、潺潺的河水、蓝天、白云、飘渺的雾霭、数不清的星星、套脑上的月亮、马蹄声、骏马的嘶鸣、安详的黄羊群、可爱的小女孩易日桂、健壮的布日古德、善良的女人，还有躺在血泊中的人和黄羊……这一切在我的画板上一一展现。我每天都在画。灵感犹如决堤的洪流在心里澎湃，通过各种色彩得到新生，我感到无比的欢欣与鼓舞。

我的画展《草原蒙古人家》在北京开展，震惊了北京的艺术圈。我将署名改为琪琪格，而不是原来的浩碧斯。有一位外国人欲开高价购买我的所有作品。一夜暴富的机会就在眼前，我没有答应。大家都说我脑子进水了。他们怎么会知道我把所有的爱都倾注于这些作品里，它们是布日古德的生命延续，是我心底永远珍藏的爱。

清晨，我睁开双眼，瞭望窗外。天亮了。太阳还没升起。两只喜鹊在我窗前的树上，叽叽喳喳地鸣叫，仿佛在向我诉说着什么。喜鹊会给我带来什么好消息呢？腹部似乎有生命在蠕动，我用双手紧紧捂住了小腹。方才的蠕动更加频繁，我既害怕又惊喜地奔向医院。

从医院出来后，我拨通了好朋友的电话。她不知发生了什么事情，匆匆忙忙来到我家。

“出什么事了？”

“我有孩子了。”

“真的吗？几个月了？”

“好几个月了。”

“怎么不早说呢？”

“我也是今天才知道。”

“你就没有妊娠反应？”

“食欲大增，还以为是胃病好了的缘故。别的也没什么呀。”

“事已至此，你想怎么办？”

“当然要生了。”

“啊！没有男人从哪儿来的孩子？人家会说闲话的，你将如何面对？”

“每晚都有一道耀眼的白光，从窗户射进来抚摸我的肚子，我就这样有了孩子。”我笑了。女友说：“原来还是天之子呢！”我俩都笑了起来。

我在北京人民医院剖腹产诞下一名十二斤六两的男婴。粗眉毛、黑头发，呱呱落地时哭了几声后，就睁开大眼睛东张西望起来。那样子可爱极了。

原载《花的原野》杂志2004年第9期

译于2011年

荒原老太

吉日木图 著
岱钦 译

吉日木图

蒙古族，1963年生。内蒙古作家协会会员，内蒙古摄影家协会会员。1998年开始在《花的原野》《阿拉腾甘德尔》《民族文学》等刊物发表小说，共计一百余万字。出版《民间植物志》、摄影集《寻找天堂》。小说《岁月老人》获第十届内蒙古自治区文学创作“索龙嘎”奖。

岱钦

蒙古族，1949年出生于哲里木盟库伦旗额勒顺公社苏日图艾里。先后在《辽宁日报》《内蒙古日报》担任记者35年。内蒙古作家协会会员。1975年起在《西拉木伦》《花的原野》《内蒙古日报》等报刊发表文学作品，获第九届内蒙古自治区文学创作“索龙嘎”奖。出版《岱钦新闻作品选》《岱钦小说散文选》及汉译蒙、蒙译汉文学作品二十余部，汉译蒙《蒙古族开国将军——孔飞》获朵日纳文学翻译奖。部分作品入选中学课本。

1

柳州举办的奇石展上，人山人海，熙熙攘攘。

戈壁彩石、泥石、玛瑙、精品玛瑙、玻璃玛瑙、玛瑙花、葡萄玛瑙、结核玛瑙、蛋白玛瑙、花色玛瑙、玛瑙皮水晶、蜡黄玛瑙、红头白玛瑙、黑底碎花玛瑙、淡黄玉石、黄玉石、绿玉石、红玉石、彩虹玉石、碧玉、鸡血玉石、泡泡纹茄子、海蓝石锅子、水晶石锅子、彩色玛瑙石锅子、斑点水晶石锅子、斑点玛瑙石锅子、粉玉兰、沙漠玫瑰石、肉色石、红蜡石、漂石、响石、移动石……令人眼花缭乱，目不暇接。

这次柳州奇石展上，来自北方戈壁的几个奇石爱好者在人群中挤来挤去，特别引人注目。他们几个分别是眼疾手快、身强力壮，外号叫“大力士”的保尔；喜欢独往独来、独善其身，外号叫“刺猬”的德力格尔，还有多年寻找戈壁石而收获甚微，两手空空，外号叫“空手匠”的敖力召巴雅尔。

在身材魁梧、满头卷发、脸色黝黑的大力士保尔的带领下，三人在人群中冲开一条路，这儿看看，那儿瞧瞧，横冲直撞，如入无人之境。他们这回可真正了解到了戈壁石的天价，大开了眼界。

当他们站在立面是玻璃幕墙，装饰豪华的奇石展览厅门口时，人并不多。这里主要是权贵、富豪们光顾的地方，囊中羞涩的平头百姓看了也白看。

身穿汗迹斑斑的衣服的这几位，一看就是乡巴佬。

“欢迎……”见到达官贵人点头哈腰惯了的两位服务小姐，看见他们这般尊容，只吐了两个字就卡壳了。既然大门朝南开，那就人人可进来。大力士保尔在前，三个人背着手大摇大摆、旁若无人地走了进去。

雄伟壮观的奇石展厅里，银根、胡荣乌珠、毛林山、额尔顿温都尔、额日炎超浩尔、乌兰岗嘎、超好尔陶拉盖、塔塔拉、布色图哈剌、阿林淖尔、吴敦阿玛等地的奇石似乎全部集中到这里来了，最漂亮的、最珍贵的奇石应有尽有。大部分都配有檀香木、红木的底座，罩上了玻璃罩子。价格嘛，你就甭问了，个个都是天价，件件都是天文数字！

另一个灯火辉煌的大厅里，人头攒动，奇石拍卖正在进行。

来自戈壁的这三条汉子站在人群中间，想见识见识奇石是如何拍卖的，价格是如何攀升上去的。

一个戴眼镜的长白脸小伙子手里举着人脑袋大小的一块儿沙漠奇石，喊道：“这是数亿年前鬼斧神工形成的迄今为止世界上唯一的一块儿宝石。你们看看，这个！眯缝着的一双眼睛，紧闭的一张嘴，翘起的鼻尖，皱纹纵横的一张脸，还有满头白发……无论从哪个角度看上去，不是人脸的形状吗？而且是满脸皱纹的老妪的形象。历经岁月风霜的这块宝石，名字就叫‘荒原老太’。谁要是拿到这块宝石，将会得到祖祖辈辈花不完的钱财，享不尽的荣华富贵。这块从戈壁汉子手里以很低廉的价格收购来的宝石，现在反过来可以买下他们那里的一片戈壁草原，连同那里的牛羊骆驼，还绰绰有余。”

“不会是经过人工加工的东西吧？”一个戴墨镜的中年男子问道。

“你随便找什么专家做鉴定好了，如果发现一丁点锯过的痕迹，我立马把十个手指头剁掉给你看！”

“如果你发现那个红嘴唇、白头发是后期加工的，我把两个眼珠子剜掉给你！”一个大红脸盘的人补充道。

站在最后面的敖力召巴雅尔硬是从人们胳肢窝下钻了进去，使劲儿往前挤，有人给个白眼躲开了，倒是无人阻拦。

“这块石头可是世界上唯一的玛瑙质地，本身就属于宝石类，而且形成人脸状。如果它还不是国宝，那什么才算是国宝呢？！”

说得简直比唱得还要好听。

神魂颠倒的敖力召巴雅尔不敢相信自己的眼睛，反复擦拭着，眼睛盯住似曾相识的那块石头。是母亲，绝对是已经升入天堂的母亲！是敖力召巴雅尔在忽必勒海尔汗山拾到的无论从长相到脸色都和他母亲一模一样的那块宝石！敖力召巴雅尔眼睛湿润，觉得嗓子眼被堵住，他咳嗽了一声，这时“荒原老太”紧闭的眼睛似乎一亮，紧接着眨巴了几下，“荒原老太”双眼泪流，像断了线的珍珠一样掉了下来。

大家见了，发出一片诧异之声。

“这石头怎么活了？刚才看到这个黑汉子，眼睛眨巴了几下，现在怎么就掉眼泪了？”

“里边灌进水了呗。石头流泪，真是天下奇闻！”

“可疑的怪石头！”

……

戴眼镜长白脸的小伙子更是借题发挥道：“这才是你们别说见过，听都没听说过的‘活宝’！最初，我把它从北方戈壁带出来的时候，也曾这样哭过。原先，我以为是往出渗水，反复擦拭，仍然从眼睛里流水。过了很多天，双眼紧闭，眼窝凹陷进去了。”

——十万！

——一百万！

——五百万！

——一千万！

——九千万！

……

出价不断攀升，最后，还不知道荒原老太的拍价究竟能攀升到多少，敖力召巴雅尔便晕倒在地……

2

那天，敖力召巴雅尔晕倒在“荒原老太”拍卖现场之后，两个朋友把他从人群中背了出来，好容易把他弄醒，可他在异地他乡不吃不喝哭闹了三天，烂醉如泥躺了三天，接着又疯疯癫癫三天，“包含着母亲灵魂的宝石呀，拴住了故乡命运的戈壁石呀……”嘴里哼着无头无尾，分不清是诗，还是歌的东西。

保尔、德力格尔毕竟有自己的营生，总不能整天守着半醉半疯的敖力召巴雅尔。这天他们连哄带吓唬地把敖力召巴雅尔领到奇石展大厅最里边一个灰暗的角落里，租了个骆驼打滚都打不开的小摊位，把背来的几块奇石摆放出来。

展厅里人来人往，熙熙攘攘，可是十来天过去了，除了几个顽童，竟没几个人光顾他们三个人摆的摊，他们也没有卖出一块半块石头换回三毛两角的饭钱。奇石展接近尾声，当初满怀希望而来的三条戈壁汉子眼看要扫兴而归了。

“摊上这么个朋友真是倒了血霉了。如果这次敖力召巴雅尔不这样半醉半疯折腾我们，咋也不会到这样一无所获的地步。”德力格尔发牢骚说。

“别，别，你不要这样！有道是在家靠父母，在外靠朋友嘛！石头没卖出，但是不能互相埋怨！”保尔刚用严厉的口吻说完，只见几个操着口音难懂的话的人来到摊上，仔细挑选他们摆放的石头。有一个人抱着保尔从乌兰岗嘎挖出来的多彩泡泡彩虹石，反反复复地看了半天后问保尔：“你这块泡泡彩虹石准备卖多少价，说给我听听。”

“你想买，先说个价吧，你说我这块石头值多少钱？”

“你这块泡泡彩虹石，较之我们以前收购的泡泡石，简直是小巫见大巫，不过，小有小的价钱。我看给你十万撑死了。”

“再加点，怎么样？这可是我们三个人挖了半年才挖到的，三个人的呀！”原来想着出两万块就成交的保尔得寸进尺地说。

“那给你们十五万吧，你们仨每人五万。可以了吧？”

“那好，就按你出的价格，你抱走吧！”保尔说着，给他包装起来。

一个戴墨镜的年轻人站在买石头的人群中，把敖力召巴雅尔的一块儿已经裂成几瓣儿，又对好放在底座上的砂壶大小的葡萄玛瑙连底座一起拿了起来。用手掌托着后脑勺、仰面半躺在墙旮旯里，看着他们进行石头交易的敖力召巴雅尔一着急，结结巴巴地说着：“那是打、打……八、八，瓣儿了的……”然后一跃而起，这时那个年轻人一失手，石头掉在地上分成了四瓣儿。

年轻人大惊失色，一边捡起掉在地上的石头，一边用乞求的目光望着敖力召巴雅尔，说：“这可怎么办呢？”

“什么怎么办呢，原来就是……”

没等敖力召巴雅尔嘟哝完，德力格尔抢过话茬，说道：“年轻人，你可闯祸了。我们这个‘疯子’的这块儿石头可是八万八的石头，没听他喊‘八、八’的吗？”

“那怎么行呢？”

“怎么行不行的，少啰嗦。八万八拿来！”

敖力召巴雅尔想到自己的含糊话让同伴利用了，就捶了一下德力格尔，说：“讹人家干吗呀？赔也赔原价就得了！”

“闭嘴！你可别忘了，你自己亲眼看到你那块几百块钱就卖掉的荒原老太，人家竟卖出几万倍的价钱，你不是当场晕倒在地了吗？”德力格尔恶狠狠地说。

“我花八万八买这烂玩意儿干啥呀？”戴墨镜的年轻人摊开两只手说道。

“是烂玩意儿，还是好玩意儿，与我们无关。你把人家东西打烂了，就得照价赔偿！”

争来争去，戴墨镜的年轻人最终还是赔了八万八。德力格尔把两万八装入自己衣兜，整六万块钱递给敖力召巴雅尔。敖力召巴雅尔从中数了一万八，其余扔给德力格尔，说：“讹来的钱不干净，这个钱我不要，谁要要去吧！”

多年来，他们风餐露宿、辛辛苦苦寻找戈壁石换俩钱花，但从他们手里收购石头的贩子转手一卖，就卖到成百上万倍的价钱，这次参加奇石展，他们才略知一二，总算开了窍。物以稀为贵嘛！如今戈壁石越来越难寻，他们知道得也太晚了。可是，多少年来捡石头卖，不知道它的真正价值的普通牧民还有不少呢。

而这次，大力士保尔、刺猬德力格尔带来的石头卖了出乎意料的好价钱，就是敖力召巴雅尔的几块石头也卖出了惊人的价位。

敖力召巴雅尔出来时以一百六十元的价钱买的一块鸟儿状的

天蓝色宝石引起了人们的兴趣，左看看，右瞧瞧。这时，站在一旁的黑脸大个子开始和敖力召巴雅尔讨价还价。

“你这块小玉石怎么卖？”

“看你给多少吧？”

“这块石头颜色还算不错，可就是缺少一个什么形状。”

“你说什么？你要把它翻过来再仔细瞧瞧，从这个角度看像是领着雏鸟的灰鹤，再从那个角度看上去又像鹰，看看这威猛凶狠的目光多像鹰啊！那些雏鸟好像在啁啾啁啾地叫着，很快就羽毛丰满，长成像你这样黑大个子似的黑鸟后，就会扑向猎物！”

大伙儿一听哄堂大笑，有人说，把我们黑大个子说成扑向猎物的大黑鸟了，又引起一阵大笑。

“好了，好了，别起哄了。你说你这块石头卖多少钱吧？”

“咱也别来回讨价还价了，一口价，一万六你拿走好啦。否则，免开尊口。”

“就按你的价。把这小块玛瑙搭上算了。”

黑大个子说着拿起一小块玛瑙石，敖力召巴雅尔一把夺过去，说：“大黑鸟，你可不能这样，你要是叼去了我这条鱼，那我可就赔死了。”

“什么？鱼？”

“可不是吗，你瞧瞧这对鼓起来的眼睛，还有满身的鳞片，多可爱呀，多稀罕啊！”

“你就别念诗了，究竟多少钱？”

“起码得三万，怎么样？”

“给你三万二！”

“我这条烤鱼让大黑鸟叼去了！”敖力召巴雅尔说着，就算成交了。

“这家伙一眨眼工夫竟成了买卖高手？”两个同伙吃惊不小。

3

三条戈壁汉子带来的石头，在奇石展上卖出了意想不到的好价钱，就要满载而归了。临走头一天晚上，德力格尔准备了一桌丰盛的菜肴，三个人庆贺一番。老习惯，三个人喝得个天昏地暗，一醉方休。

大力士保尔、刺猬德力格尔醉醺醺地回到旅馆，倒头就睡下。没想到敖力召巴雅尔却惹出了天大的麻烦。

原来，敖力召巴雅尔从酒店出来之后，借着酒劲儿直接来到奇石展馆门口，用草原摔跤手的技艺，三招两下把两个门卫撂倒在地，又左右开弓几个巴掌把两名女服务员打跑，然后径直闯入展厅，喊着要把“荒原老太”要回去。

安放在漂亮的水晶玻璃罩子里的“荒原老太”白发飘逸，历经沧桑的脸上皱纹纵横、双眼塌陷，嘴角紧闭，越显可怜。

敖力召巴雅尔不管三七二十一，挥拳使劲砸了过去，可是他的拳头疼得够呛，玻璃罩子却毫发未损。不知是因为受了惊吓，还是因为生了气，“荒原老太”眼睛发亮，怒气冲冲。“野外捡到的石头，惹是生非的老太，你还瞪我！”拳头受了伤的敖力召巴雅尔把浑身的力气集中在脚上，正准备一脚踢过去的时候，冰冷的手铐铐住了他的双手。

次日黎明时分，敖力召巴雅尔一觉醒过来，发现自己被关在一间黑洞洞的屋子里，但他却想不起来怎么会来到这个地方。

不一会儿来了两名警察，推推搡搡地把他从黑屋子带到审讯室，让他坐在一把硬椅子上开始审问。

姓名，年龄，籍贯，职业，一一问过之后，一个白脸警察厉声问道：“为什么闯入奇石展馆，抢劫国宝？什么目的？”

“什么目的也没有。从来没有抢劫国宝的想法。”

“做下这么大的坏事，还想抵赖不成？坦白从宽，抗拒从严。明白不？”

“时至今日，我连一只小羊羔都没偷盗过。”

“人证物证俱在，你还想抵赖？你还算哪门子的好汉？”白脸警察咬牙切齿地喊道。

坐在他旁边做记录的大眼睛女警察问：“你们到底喝了多少酒？”

“我们仨喝到兴致高的时候，记得地上躺着三个空瓶子，再往下喝了多少，我就不知道了。”

“还说不知道喝了多少酒呢。如果喝糊涂了，怎么会直接找到奇石展馆，不但打伤了几个人，还直奔国宝而去。谁信呢？”白脸警察拍案而起。

“啪啪啪……”敖力召巴雅尔接连吃了几下电警棍的厉害，浑身哆嗦，再看见尺把长的电警棍，吓得差点儿晕了过去。

大力士保尔、刺猬德力格尔也因这个事被牵涉进去，又写检查，又被传讯，并且被告知暂不能离开这个地方。

对敖力召巴雅尔的的审问持续了几天时间。白脸警察的审问越来越深入，态度越来越严厉。

与其这样活受罪，倒不如一死了之。敖力召巴雅尔横下一条心，对警察的重复提问，拒绝回答。

有一天，坐在了审问席上的那位大眼睛女警察用温和的目光注视着敖力召巴雅尔，问道：“你原来认识这个荒原老太吗？”

“认识！何止是认识，这块和我母亲长相相似的石头，是我珍藏多年的。”

“原来是你的石头啊？”

“是的。是我从忽必勒海尔罕捡到的石头。”

“你能详细地说说是怎样得到的，又是如何从你的手中出去的吗？”

“行！给我一颗烟抽吧……”

4

大力士保尔、刺猬德力格尔和敖力召巴雅尔仨人肩上挎了个挎兜儿，左手拿着铁锹，右手拿着钎子，保持着相互能看得见、声音能听得到的距离，行走在扎嘎其嘎荒野上。他们不时用钎子扎一下，用铁锹挖一下，用靴子头踢着挖出来的东西，看上的石头就装进挎着的布袋子里。

头上火辣辣的日头晒，地上炙热热的石头烤，又渴又饿。

啪一声，大力士保尔的钎子尖碰到了一个什么，他把布兜子铺开，坐在上面点上一颗烟，自言自语道：“喳，这声音倒不错，东西是有，只是不知道何等石材？”

距离他不远处，正在懒洋洋地往前挪步的刺猬德力格尔隐约听到这边的声音，立即跑到保尔这边，从他衣兜里掏出只剩下两颗烟的烟盒，抽出其中的一颗点燃后，说：“喳，看看咱大力士运气如何？碰上是碰上了，没听见啪的一声吗？要不咱俩合伙吧，那我就挖呀！”说着，刺猬德力格尔挪开钎子要挖。

“快拉倒吧，你！咱俩不是一路人。你捡到过那么多好东西，什么时候和我合过伙？”大力士保尔说着从地上站起来，动手挖开了。

刺猬德力格尔自讨没趣，走也不是，待也不是，愣在那里。

空手匠敖力召巴雅尔像个贪吃刚出的青草的羊儿一样，一头扎进一片卵石堆里，大海捞针般仔细地寻找着。虽然他多年寻找戈壁石而收获甚微，两手空空，得了个“空手匠”的外号，但他从不灰心丧气，该寻还得寻，该挖还得挖，该捡还得捡。即使是敖力召巴雅尔挖个深坑，人们也见怪不怪，从不打听他到底发现了什么“宝贝”。

可是，刺猬德力格尔手气好得没的说。多少人走过捡过的地方，德力格尔再走过去准不会空手而归，而别人顺着德力格尔去过的地方再去，多多少少也会有收获。前年冬天，有一个人发现刺猬德力格尔在布色图山用半个月的工夫挖过的一个坑，在此基础上往里又挖了二尺多深，竟挖出了价值几十万的玛瑙花石。那个人为了表示谢意，送了刺猬德力格尔不到一千元的几块玛瑙花碎石，搞得刺猬德力格尔收也不是，不收也不是，很是尴尬。

红日当空照，晒得戈壁一片灰蒙。大力士保尔在刺猬德力格尔目瞪口呆的神色中，挖出了驼铃大小的几块花纹石和玛瑙彩石。再往下挖下去，又出来几块碗大的、拳头大的和鸡蛋大的水晶宝石。

“这半年风吹日晒，历经辛苦，今天算是满载而归了。够我五年的花销了。剩下的这些零零碎碎，你和空手匠两人分吧，让老婆孩子开开心。”大力士保尔说完，把铁锹和钎子扔在原地，抱着挖到的石头大步流星地往回走。刺猬德力格尔看着大力士保尔的背影，心疼得似乎人家把他的东西拿去了一样。他抱着哪怕是“残羹剩饭”也得划拉点的想法，跳进了齐腰深的坑里。

空手匠敖力召巴雅尔虽然远远地听见刺猬德力格尔和大力士保尔俩人吵吵嚷嚷的声音，但他没有理会，只顾自己捡些小石头。只听刺猬德力格尔一声喝令，惊回首一看，发现德力格尔扛着半袋子石头来到他跟前，从衣兜里拿出一包香烟抽出一颗递给敖力召巴雅尔，自己也点上一颗，把几块鸡蛋大小的水晶石像骆驼拉粪蛋儿似的这儿一个、那儿一个地扔给他，说：“拿去让老婆孩子开开心吧！”

太阳偏西到套马杆子那么高了，但强光仍普照在扎嘎其嘎的荒野上。

从早晨到现在空着肚子的敖力召巴雅尔，肩挎着背绳长到腿弯处的布袋子，一手拿着铁锹，一手拖拉着钎子，往临时帐篷走去。当他路经中午大力士保尔、刺猬德力格尔挖过的坑时，突发奇想地往那个坑里瞅了一眼。

在大力士保尔、刺猬德力格尔挖过的坑旁边踏过的脚印上，他发现有一个石头往沙地骨碌的印儿。不是野生动物的脚印，而是无爪子的石头骨碌的印子，所以分不清是骨碌来的，还是骨碌去的印子。也许是骨碌来的印子吗？他伸脖子往坑里瞅了瞅，坑底没有石头，那么，千真万确是骨碌去的印子了。坑旁边有一个茶壶大小的凹处。他记得母亲生前说过“扎嘎其嘎荒野有移动的石头。”“石头怎么会移动呢？”他不相信，况且这么多年在扎嘎其嘎荒野别说是见到会移动的石头，除了他母亲，也从未听别人说起过。

像码踪狐狸爪印的老猎手一样，敖力召巴雅尔顺着石头骨碌的印子在荆棘丛中寻了下去。

看上去，直奔忽必勒海尔罕山的那块儿石头越远骨碌得越快了，有的地方印子时隐时现。日头离忽必勒海尔罕山头只有骆驼缰绳那么高了，移动的石头的印子已经滚向忽必勒海尔罕山麓那边。“看你还往哪儿去！”敖力召巴雅尔紧追不舍地顺着印子走了过去。看得出来，开始爬坡时，偶尔遇到荆棘丛卡住之后，这块石头是往后退一下重新冲上去的，与其说冲上去，倒不如说爬上去的。敖力召巴雅尔一路丢三落四，早已把肩上挎的布口袋、手里拿的铁锹和拖拉着的钎子丢在路上了。

再往前走了一会儿，就到了埋葬母亲的坟头附近了。敖力召巴雅尔有点疑虑，还有点害怕。但是，既然追到了现在，总觉得应该追出个结果来。于是，敖力召巴雅尔下决心继续追下去。

日近黄昏，石头的印子变得模模糊糊，突然看见一个刺猬大小的灰不溜秋的东西在前边骨碌。敖力召巴雅尔缺乏直接到它跟前的勇气，而那块石头似乎发觉有人在后面追，原地不动了。

敖力召巴雅尔折了一截梭梭树枝捅了捅，原来就是一块石头。石头，移动的石头，母亲生前曾经说过的扎嘎其嘎荒野上移动的石头。

那天晚上，敖力召巴雅尔很晚才回到家。说回到家，其实就是回到为了捡石头临时搭建的帐篷。

妻子早就做熟的饭菜这会儿都凉了，她一边给他热饭，一边不无埋怨地说："这满世界找石头的人里，像你这样找到半夜的人还有吗？"

"那倒是，不过今天我可遇见了奇石了，是移动的石头。你听说过移动的石头吗？"

"听说倒是听说过，可石头移动谁信呀？有人亲眼目睹过吗？"

"你还别说，奇就奇在这里。扎嘎其嘎荒原上，从保尔和德力格尔挖过的坑里，移动出一块儿石头，往忽必勒海尔罕骨碌时，让我给捡到了。"

"那、那石头呢，在哪里？"妻子双目圆睁，迫不及待地问。

"在这儿，在这儿呢！"敖力召巴雅尔从布袋子里拿出来刺猬大小的一块石头。

拿到蜡烛光底下一看，原来是块人头状的石头，而且是玛瑙、玉石相间的珍品，白里透红的面颊、红红的嘴唇、黑白分明的眼珠子、掺夹着少量白发的茂密的头发……无论从哪个角度看，都像是招人喜爱的女性。

戈壁汉子敖力召巴雅尔小心翼翼地双手捧着这块石头，以戈壁捡石头的人的老习惯用舌头舔了舔人头形石头的嘴唇和眼睛，嘴里品到了家乡土地的味道，看到人头形的石头好像对他笑脸相迎时，突然觉得它和自己的母亲多么相似。他又惊又喜，再仔细端详一番，活灵活现地像他母亲。他越看越伤感，一直端详到很晚，才把它小心翼翼地藏在铺盖底下。

有道是没有不透风的墙，敖力召巴雅尔拾到奇石的消息不胫而走，一时成为人们热议的话题。

来这里捡石头的大多数人，多多少少都有点收获。说起来，石头这个玩意儿也让人嫉妒，让人攀比。有人运气不好，就是挖了三年五载也一无所获，而有的人运气好，三五天里捡到了让大伙儿眼红的好东西，甚至一夜暴富的也屡见不鲜。就说大力士保尔，那次挖到了不少玛瑙彩石后，收入可观，在城里买了房子，娶妻生子；刺猬德力格尔的收入也可圈可点。这些年还清了旧债，供两个孩子在城里读书。

可是，空手匠敖力召巴雅尔整个一夏天像只老母鸡捣米似的寻找石头，除了这块人头形的石头，真还没有找到一块拿得出手的玩意儿。

捡石头的人们陆陆续续地回家了，只有巴特尔、图门格日勒、巴图，还有敖力召巴雅尔留了下来。他们几个像深秋的原野上频频伸脖子点头找食物的灰鹤一样在戈壁深处寻找石头的时候，常在捡石者的帐篷之间串来串去的石头贩子张拐子、孙布尔来到敖力召巴雅尔的帐篷，喝着他妻子阿拉坦花熬的野味茶。

“喳，空手匠敖力召巴雅尔最近有啥收获吗？”

孙布尔话刚开头，张拐子接过话茬，说道：“嗨！那空手匠是板上钉钉的称号，还能有什么收获了？有的只是阿拉坦花的赛桃花的脸蛋和樱桃小嘴嘴罢了。”说着，不无戏谑地笑了笑。

听到常从石头贩子嘴里说出来的这句话，阿拉坦花气不打一处来。

“老娘这里有你们别说见过，连听都未曾听说过的宝石！”

“什么？宝石？乖乖！你要是能拿出值钱的东西，我们再也不叫你们的外号了！”

“说话算数？”

“你得拿出来呀？我们看看，光凭嘴说谁信呀？”

“你可得给好价钱，不然……”

“只要东西好，价钱好说。”

阿拉坦花从铺盖底下拿出用好几层布包着的人头形的石头，连包裹一起递到孙布尔手里。

“这包裹里的到底是什么东西？”

“你解开包裹不就知道了吗？”

当把一层一层包裹布解开，人头形石头终于亮相。第一次看见这等物件的张拐子舌头一伸老长，竟忘记了把它收回去。

多年来收石头，也算是见过世面的孙布尔，长长的哈喇子滴答在人头形石头上，索性唾了口吐沫，只见那块石头瞬间起了皱褶。

孙布尔把石头翻过来调过去仔细看了半天后，说：“这块石头的质地、颜色、形状及完整性等等，都还行。而且眼睛是塌陷的、鼻子是翘起的。卖吧？”

“不卖！”

“为啥？”

“我丈夫说，他这块石头是他母亲灵魂附体的石头，多少钱也不卖。”

“多少钱也不卖？”

“不卖。”

“不就是吃不能吃，穿不能穿的一块黑石头嘛，那你们留着吧！”

“一不腐，二不烂，留着就留着呗。如果是韭菜，割了这一茬，又长那一茬。可这个东西没了，就再也找不回来了。”

空手匠敖力召巴雅尔的人头形石头从此一传十，十传百，来他们家看石头的人络绎不绝。人头形石头的脸面每每被看石头人的吐沫涂抹得一塌糊涂。敖力召巴雅尔决意不卖母亲灵魂附体的这块石头。所以，到后来对那些登门看石头的石头贩子心生厌烦。

阿拉坦花为大儿子上大学的费用、二儿子念高中的学杂费、父亲治病的费用没有着落，还有一批外债没有还清而苦恼，想到了卖掉人头形石头。为此，两口子常常发生口舌之战。

“这是大地的恩泽，也不是我们花钱买来的。变卖几个钱咋就不行呢？”阿拉坦花如是说。

“如果没有这个石头，难道我们就不过日子了？”敖力召巴雅尔这样说。

“有东西不利用它有啥用？难道把它带入棺材里不成？”

“臭娘们你闭嘴！这是我弄来的东西，卖不卖，我说了算。我给石头起名为荒原老太。母亲多次托梦给我，要我爱惜这块石头的名字。”

自从“荒原老太”来到他们家以后，家里吵吵闹闹不断。有一天，阿拉坦花哭成泪人，对丈夫说：“你真是混透了！你母亲灵魂附体的这块石头要毁掉这个家庭呀！你感觉不到，我可感觉到了，我一看见它就恶心呕吐，你快把它远远地拿开吧！”

“荒原老太是我的性命，是我母亲托梦给我的宝石！”

在一旁听到这些吵闹的“荒原老太”，伤心透了。

想把“荒原老太”弄到手的石头贩子们仍然不死心，不时登门商议。有一天，敖力召巴雅尔的好友、边防部队官职不低的一个人来到他家，仔细观察了“荒原老太”后，说：“你这个荒原老太自然是吸引人们眼球的好东西。听说，当年西太后把戈壁彩石用骆驼驮回北京，当做最欣赏的四宝之一。你这块儿荒原老太弄不好会给你带来很大的麻烦。”

听了这话后不久，一个皓月当空的秋夜，敖力召巴雅尔把“荒原老太”仔细地包裹好，人不知鬼不觉地把它放在忽必勒海尔罕山麓嶙峋不平的石缝里。

5

多年之后，已经两鬓挂霜的空手匠敖力召巴雅尔重回家乡，踏上他所熟悉的那片热土……

这里到处是黑压压的寻找石头的人群，铁锹挖、钎子凿，家乡的土地变得像被虫子咬过的毡片一样千疮百孔，远处屹立的忽必勒海尔罕山也变得影影绰绰。

再往前走，写有“禁牧区”字样的巨大铁皮牌子映入眼帘，外边是好几道铁丝网。

被挖石头的人群惊吓的几峰骆驼，顺着当年“荒原老太”骨碌的那条印子，跑向忽必勒海尔罕山麓去了。这会儿它们不知道在哪里……

原载《花的原野》杂志2010年第8期

译于2018年

天　洞

斯巴特 著
澈力木格 译

斯巴特

笔名斯·巴特尔，蒙古族，1954年生。中国作家协会会员。自1979年开始在《花的原野》《潮洛濛》等刊物上发表小说、散文、诗歌等作品，计一千余万字。出书15本。长篇小说《传说中的红月亮》获“朵日纳”文学奖。蒙古剧《安代传奇》荣获国家银奖。中篇小说《支立于火撑子的三块石》和《独翅乌鸦》荣获内蒙古自治区文学创作“索龙嘎”奖。

澈力木格

1971年4月生，通辽市科左中旗团结乡人。1992年毕业于哲里木盟师范学校后在通辽市扎鲁特旗前德门中学任教。2001–2004年，在哲里木盟教育学院汉语言文学系学习。

苍茫大地是人类共同的母亲。

——题记

死尸宴上，老鸹的惨叫声吸引了地狱之门。

折翅断膀的乌鸦在哀鸣吗？阿吉贝！

还是阿吉贝艾里[①]！人世间的这个角落里阿吉贝喘息着，不断孕育着她的生命故事。然而——

这棵树活了很久了！树上有一只鸟叽喳地叫着，是阿吉贝的百灵鸟在鸣唱。

很多人，很多事出现了，发生了。这棵树优雅风趣地说。

这是阿吉贝艾里请神祈福的老榆树发出的呼啸声。

说起请神祈福，这沙丘好像越发地颓废贫瘠了，它好像带动了周围的土地，赤裸裸的一大片沙子在眼前绵延，正中间的那棵老树——艾里人请神祈福的神灵树，舒展着绵软的枝叶老态龙钟地伫立着。

水，水在哪里，在没有一点儿水分的干涸的土地上，像已枯

① 艾里：牧户人家，村落。

竭却顽强地延续着绿色生命的这个植物，她真的有九条命吗？

“月宫中的老榆树，枝繁叶茂郁郁葱葱……”古老的歌儿偶尔回荡，陪伴这棵孤独的老神树。

老神树到底活过多少年代，谁都说不清楚。老爷爷还在摇篮里，曾祖爷爷还在孩童时，曾曾祖爷爷光腚跑来跑去童言无忌的时候……这棵树已经是几条壮汉伸胳膊环抱不过来了。

老榆树向太阳的方向生长着。

这棵胡须蓬乱的老神树好像是阿吉贝艾里的灵魂在飘摇生长。

闭塞的沙丘地赶着一条生路，阿吉贝人也赶着一条生路。

在很久很久以前，阿吉贝是一个怎样壮观怎样秀丽的地方啊？遍地红柳荆条，灌木丛幽密，锦鸡鸣飞，兔蹿鹰扑……简直就是一个原始的大自然。

地上的狼，天上的鹰……关于原始幽地阿吉贝艾里的深远历史，老神灵树了如指掌。

哪个姓氏、哪个家族在这儿延续了几代，哪户人家的孩儿阳寿多少，谁家出了个能干的才子，哪家的孩子应征入伍了，当工人了，成了有工作的人吃国家粮食了……老神灵树昏花的眼睛看得明明白白。

苍天下，大地上，那么多的人聚来又陆陆续续离开。那么多的人扮演了各自的角色，形形色色，匆匆忙忙……到底经不起自然母亲的磨砺，最终回到了松软的泥土中，证明了不存在的永恒。

人的生命历程那么短暂又那么久长，人的宗系是那样脆弱又那样牢固。老神灵树喜欢探究和把玩远古的智慧。

年轻时燃烧般的爱情，老年时近乎懦弱的忍耐，童年时的懵懂……四季回环，日月交替中，人老，骥惫，人心不古……所有的一切都按着它们的规律轮回运转，老神灵树早已熟谙。

几百年是多长？老神灵树还是幼苗的时候，阿吉贝人也同样还很幼稚。在乌珠穆沁旗的运盐长途中，被红胡子劫掠老婆孩子，那时他们的根基很单薄。他们为躲避战乱、逃离硝烟而隐居到这幽地时，这神灵树正当风华正茂。

那时老天爷总打闷雷，电光黄灿灿，天的西边就烧着了一大片火红。那时的雨点粗壮，雪花肥大，冰雹比雀蛋还大。

人畜慢慢就多起来了，老神灵树看到了。

天涯各处的人来到阿吉贝，有投奔亲戚的，有寻宝流浪的，有破衣烂衫乞讨的……人越来越多，越来越多。阿吉贝的脸过早地衰老了，像母亲的脸出现了皱纹。人的手、畜的脚，创造着又不断破坏着。

谁能保证阿吉贝的安详平和的幸福生活能永远永远地过下去？那一年阿吉贝干旱了，特大干旱，所有的生灵变成土灰土灰的。向老天求雨，阿吉贝人想到了神灵树，祭祀神灵树，阿吉贝人沸腾了。

杀牛宰羊，拿出各家的家酿酒在神灵树下跪拜祈祷，匍匐在地仰起头颅再俯下贴地，额头如鸡在捣米。

男人们喝光了整坛整罐的酒，火辣辣的大太阳煮着一锅粥。鸟儿惊飞，马儿嘶鸣不安。

血性男儿变成鼠胆之辈了吗？苍天大地还是没有雨水。芸芸众生怎奈何得了吝啬的老天？

古老的花朵，一簇簇凋谢了。香魂飘到仙境了吗？

干旱成了灾难。受难的人们再三拜倒在神灵树下，干旱还是不可遏制地扩散，四周变成了茫茫沙地。大地母亲的这一块裸露了，成了不毛之地。

河流就像认了路径的马，一直向东流向海洋。赤裸的沙丘是无定所的逃循者，任其东搬西迁，风从哪儿起它就顺风逃窜，漫天扬起的沙土游走得那么快。

这块沙地就成请神祈福的圣地，赤裸的沙丘中间矗立着老神灵树，孤独却又唯我独尊的神态像翘鼻子的骆驼。

老神灵树啊，家乡的风水啊……老人总是这样念叨。祖先的魂灵啊，年轻的人们敬畏……生活在郁闷中日复一日地延续。

忽有一年，阿吉贝掀起了风波。人嘴闲碎，一传十，十传百，说有一神仙腾云驾雾降落在老神灵树上，于是有人拜神灵树时接到了仙丹，治好了多年的顽疾。消息很快传到千里之外，从此四面八方的人来到了阿吉贝祭拜神灵树，人畜车辆日夜不断。

神灵树底下堆满了祭祀的烟酒糖茶饽馍。香烟飘到十里之外。跪拜的膝窝如同骆驼的脚掌印。请神祈福的沙丘上到处是人们跪拜的印痕。

这就是魔力吧，残缺变成圆满。盼着生孩子可始终怀不上的，祭拜之后瘪肚子的媳妇就生了白白胖胖的大胖小子。背上长包的关节变形驼背弓腰的青年直挺了腰杆，也有了对象忙着要结婚了。这样的消息从牧马人的嘴里传送到牧羊人的耳朵，又从牧羊人的嘴里传到更多的人的耳朵，连树木都听到了。

好几年的时光过去了，老神灵树把他们都看在眼里，陪伴它的依然是头上那几颗忽闪的星星和那片星空。

一代人老去了，又一代人成长起来了，香火不断。死去的死去，生产的生产。老神灵树也在自然的规律中衰老着。背阴的几条粗壮的枝杈眼看着就要干枯了，叶子一年比一年少，终于不再长叶了。

多久了呀，老神灵树的心脏剧烈地跳动，忽然有一天心就空了。岁月啊……老神灵树惆怅地叹息。因缺水而干死的命运逼迫着它、威胁着它。圣水啊，怎么遗忘了这个角落，老神灵树勉强睁开衰老昏花的眼睛注视着阿吉贝。

老神灵树看到了人间的一幕……

阿吉贝艾里的老木匠——高个子老头，这天在外村打完一口棺材，回村的路上像幸运的寻宝人，捡到了一尊金佛。近两尺高、手掌般宽、十二首、近百条胳膊的这尊佛像金光闪闪。

奇美的金佛！得到这样一个宝贝的人还能睡得着吗？浑身血液沸腾了，不知身处何地喜忧参半。竟在光天白日中堵门掩窗心里还是没着没落。

几夜没合眼兴奋过度的老头慢慢平静下来，回到了脚踏实地的眼前。这一天，邻居金巴家盖新瓦房，请求老头去给上梁上檩子。

活儿正有序地干着，房屋的檩子都已上好了，在房顶的主檩子上骑坐着的高个子老头举起斧头要敲打什么，突然间崭新的杨木檩子从正中间断裂，受到惊吓的老头手里拿着斧头就重重地摔了下来。

杀猪一样的号叫，老头再也站不起来了。半身不遂的身体不死不活地黏在了炕上。“金佛……”他在口中含混不清地念叨着。

我将如何摆脱这无以名状的灾难，死亡在寻找我吗？

那夜月亮圆鼓鼓的，星星明亮。老头让儿子劳尔白背着，决意将威力无比的金佛归还给自然母亲。

金光闪动，好像很多颗星星滑落下来。有阴影隐约出现在黑暗中的眼前，神灵树啊，老神灵树！家乡的风水啊……老头豁然开朗，他从儿子背上滑下来直奔神灵树走去，谁会相信他就是那瘫痪已久的老头呢？

不要这样锁紧眉眼，可怜我寂寞的耳朵！月光下老神灵树格外地沉静和神奇。

“黑洞！”

儿子的惊慌让老头不安。“悄声！笨儿不要说话，与你无关……”为父亲的脾气很大。

“那，那个……像山洞……”

儿子重复时，老头眯起眼睛凝视着这个并不熟悉的黑洞。

终于看清楚了，是老神灵树的心裂开了一个洞一样的口，乍一看像张开的狮子大口。

老头浑身颤抖，念叨心中的神。

“把金佛安放在这里，这是最好的佛龛。我的忧虑从此消失了。”信念的光照亮了老人的心。

回家的路上，老头在儿子的背上抬起头，挺直腰。

金佛在树洞里往下滑落时，银白的月光下闪了一道金光。

“呱呱……”一只乌鸦落在神灵树的干枝上，叫声哀伤、怪异。

神灵树发光了，在夜里摇曳着奇特的彩虹一样的七色光……老人们不无夸耀地说，是家乡的风水在保佑我们……阿吉贝人无比欣喜。老神灵树觉得这一切与它毫不相干，依然那么伫立着，但也抗拒不了自然的规律，进入了死亡的倒计时。

血脉不断，烟火不灭。阿吉贝的老人在死亡，壮年在衰老，年轻人干云雨之事，少妇们在孕育生产。

日月轮回，阳界不知又过了多少时日。神灵树到了生死关头。像人类哀愁时一样，神灵树发出的忧伤的声音被木匠老人听到了。老人常常倾听轻风弹奏神灵树枝叶时的旋律。曾经他把听到的声音浪漫地想象为老天和他创造的生灵开玩笑时发出的笑声。可是现在他心中有一种说不明的异样的情感。

一切向死亡而行。把生死系在敏锐的听觉上的人，躺在炕上呻吟了十多年的人，聆听请神祈福的沙丘搬迁的呼啸声的人，忽然有一天蹬了几下腿，一声惨叫眼睛翻白亡故了。

惨叫声预示着什么？是否地狱的大门向他敞开？那是人发出的声音吗？死亡和睡眠只一墙之隔，谁会预料死神脚步的方向？高个子老头撒手人寰走向冥间头上没戴金银，嘴里也没含珠玉，心里却藏着金佛的秘密躺进了棺材。眼泪对死亡无济于事，可是做儿女的怎么会忍心，一生为儿女操劳，恩重如山的父亲就这样生死离别……哭泣声声，喧闹声声，高个子老头就这样与世长辞了。

真是人无千日好花无百日红。儿子劳尔白是秘密的唯一钥匙。但他恐惧金佛的威力，怕说出来会变成哑巴，就装作哑巴。在岁月的磨砺中，劳尔白也渐渐地成为了老人。

城里古董值钱了……阿吉贝人起哄了。阿吉贝的谁谁的玉石鼻烟壶卖了千元，谁的龙凤缠绕青花瓷瓶卖了好几千，谁的翡翠挂坠、红珊瑚头饰卖了多少钱多少钱……心里藏着金佛秘密的老汉劳尔白，好像哪儿瘙痒似的不舒服了。

金佛，十二首，一百多个手臂都在动，对劳尔白说："你不让我见阳光吗？不让我从黑洞里出来吗？"

有三个古董贩子来找老汉。

这是个横财运，但这横财运我承受得住吗？未知的将来使老汉战栗。

出了三万的高价。劳尔白老汉的每一个细胞都在震颤，但还是没有松口。老父亲的悲惨，自己的诺言不断闪现在脑海中。

三个古董贩子盯着老汉鼻子下面的伤口，眼睛红得像鬼火一样跳动着。如何？如何？

那是一个没有月亮的晚上，伸手不见五指，黑油漆一样的夜晚。

哦，见鬼，你们这些卑琐的东西为什么毒蛇一样地向我爬行？

寻宝人拥有先进的探测仪器。用那机器或更有可能是凭他们的第六感嗅到了金佛安身的地方——老神灵树的心脏。他们的眼睛在黑夜里发出绿光，刺破飞扬的尘土。阿吉贝在甜蜜的梦中沉睡。寻宝人在逼近目标。

尽管行走如蛇一样，行动如幽灵一样，还是被一个人发现了。阿吉贝的老汉劳尔白像是蒙蒙眬眬地睡去了，可是听觉像他父亲一样，耳鼓被击响，喧哗声如同天塌地陷，躺着的大地失去平衡，风的呼啸声夹杂着一种琴弦的弹奏声凄凉悲绝。

他跳起来了，饥饿贪婪的狼会收敛它的欲望吗？脑子里一个比一个准确和恐怖的情景掠过。他找到了父亲的那把斧头，飞速向神灵树奔去，龇牙咧嘴像嗅到血腥味的野兽般地奔跑，死亡的灾难在召唤他吗？

寻宝的三个男人从树洞掏出金佛正欣喜若狂地往回走。失去理智近乎疯狂的劳尔白能发出这种声音吗，这是人发出的声音吗？劳尔白那么笨拙又不顾一切地向他们扑去。

“你不是它的主人，谁捡到是谁的，你快点走开，我们不想作孽结束你的生命……”三个人几乎是在请求。

“闭上你们的臭嘴，我就是变成墓地的鬼魂也不会把宝贵的东西给你们！”劳尔白老汉从鼻腔里发出了沉闷而简短的警告。

空气在凝固僵硬，这不是剧情，而是活生生的生活里的一幕，敌对的双方都知道力量的悬殊，但是这里就是没有退缩和迂回。

“你是一条癞皮狗吗？挡住我们的道路，你不相信我们会把你在你的窝里废掉吗？”三条汉子三双手钳子一样攫住了劳尔白老汉，凄冷的厮杀没开始就结束了。劳尔白被打倒、捆绑、嘴里塞满破布，瞬间工夫，劳尔白老汉成了蚕蛹被塞进了金佛多年安坐的树洞里。

怎么这样寂静啊，他们像鸟一样长了翅膀吗？像鱼一样遁入水里呼吸吗？空旷的沙漠发出狂野和绝望的闷声之后，变得像墓地一样死寂。一切都安然依旧，月儿安详地斜在天边……该死的夜晚那么漫长。

创造生命的上苍也赋予了人珍爱生命的本能。但是除了生命还有更宝贵的东西。阿吉贝的沙丘好像不愿打扰长眠的逝者静下来了，寂静无声。

黎明痛苦地泛白，朝霞燃烧了，东边天空彤红，朝阳像流着血泪慢慢爬上来。

对于只求填饱肚子的阿吉贝人，死亡只是个小小的惊愕。这里好像什么事都没发生一样，日子和往常一样向前流淌。居然没有人注意到阿吉贝的一个老人无声无息地消失了。

秋去冬来，又是冬过春回。

春季里除了那些干死的枝杈外，老神灵树还是长出了娇嫩的叶子。依照自然规律又开始赶着生路，老神灵树已经很老了。

夏季开始进入了雨季，天打响了阵阵闷雷，不时把雨水倾倒下来。

老天的雷声好像唤醒了阿吉贝人的记忆，劳尔白老汉怎么了？失踪了吗？还是成了活佛去五台山了……无头绪的传言终究没什么确切的结果，而是把老人从记忆中擦拭掉了，艾里的户口簿里删除了劳尔白的名字。老人被阿吉贝丢弃了。

天阴沉沉的，乌黑的云团堆叠着，把太阳遮得严严实实，闪电像巨蟒划破天空，老天剧烈地呻吟着。

阿吉贝自从有历史以来，人的足迹出现后两百多年的时间中，老天从没如此暴躁过。艾里的人都吓坏了，不敢出门半步。

天空发出沉闷声，接着变成了爆裂的炸响，震耳欲聋的巨响。一股股闪电直击神灵树的周围。整个树是金黄色了，接着是巨大的一团黑雾从天而降，神灵树变成了云团火。请神祈福的沙丘一片火海。

雨住天晴时阿吉贝人才走出来，看见了请神祈福的沙丘从金黄色变成了火灰色，神灵树——祭拜的神灵连根消失了。

阿吉贝人发呆了，不知道要说什么，做什么，想什么了。请神祈福的沙丘怎么了？活的寺庙——老神灵树怎么了？像被诅咒了，经不起这一阵的电闪雷劈连根被摧毁了。

据说牧羊人昨天在雨中看到一条黑龙从天而降，缠绕神灵树把神灵树连根拔掉带回天上。

没有人相信这邪说，阿吉贝呆滞的目光久久凝视苍天。

天空一碧万里，没有云，没有雾，那么空旷。

向往什么呢？有说苍天有门窗的，有说苍天有灵魂有信仰的。可是在天的西北出现了一个洞！有一位千岁老者在宣告。

苍天的西北有了个洞，那洞里风起云涌，星际捉迷藏，日月有魔力般的穿梭，带给这热闹的人间光和明……万万年前的苍狼在长嗥……

多美的乳白色月光啊，多么激动人心的夜晚啊。

阿吉贝人向月亮仰望，月宫里的老榆树是阿吉贝的老神灵树吧？！

家乡的风水啊……在老人们的祝福声中，安详地生长着的故乡神圣的魂灵啊……人们忍不住热泪向着月亮祷告并跪拜。

人类为上天赐予的生命而奋斗时……“月宫里的神灵树啊，数不清它的枝杈呀……”有人在唱悲怆的长调。

月圆，星明，银河依旧那样横着。

大自然赶着它的生路，阿吉贝人也赶着生路。人的宗系是不灭的，它应该是牢固的！

悲壮的歌声久久回荡。

多么缠绵的夜晚啊，多么皎洁的月光！

一条身体强壮、毛发蓬乱的大狗向月亮吠叫，狗吠就要变成欢快的长吟。

“混账逆畜……”一个小矮人对咧嘴的狗发出可怕的怒吼。

原载《花的原野》杂志2004年第9期

译于2011年

战利品

朝伦巴特尔 著

胡日查 译

朝伦巴特尔

笔名阿·楚仑巴特尔，1954 年生，内蒙古呼伦贝尔市新巴尔虎左旗嘎拉布尔苏木人。中国少数民族作家学会会员、内蒙古作家协会会员。十七岁开始写作，著有长篇小说《诺门罕战争》《黑金》，电影剧本和中篇小说若干篇；出版小说集《战利品》；二次荣获呼伦贝尔市文学艺术骏马奖。

胡日查

笔名特·胡日查，蒙古族，1971 年生于扎赉特旗。内蒙古翻译家协会理事，中国少数民族作家学会会员，呼伦贝尔市翻译家协会副主席。自 1986 年开始用蒙文创作诗歌、小说。在《呼伦贝尔》《花的原野》等刊物发表作品，计三百余万字。著有小说集《心灵的翅膀》。四次荣获呼伦贝尔市文学艺术骏马奖，2014 年荣获“呼伦贝尔十佳翻译家”称号。

1

二十一世纪初的一个夏天，边陲小城阿木古楞分外热闹，街上人头攒动，店铺生意兴隆。通往海拉尔、满洲里、阿拉坦额莫勒、阿尔山、额布渡格海关的纵横交错的大道上来来往往着各种型号、各地牌照的车辆，打破了小城往日的宁静。前不久修建在哈拉哈河上的桥梁也给这座边陲小城带来前所未有的繁荣。

十字路口旁的大楼里，三位年轻人坐在一家豪华饭店里，他们对着满桌烤羊腿、烤肉干、焖猪蹄、北京烤鸭、贝尔湖大鲤鱼、热菜、凉盘，喝着白酒，用海拉尔啤酒盖着帽。他们之间的谈话时不时地飘到外人耳朵里，让人觉得非常有意思。看他们的模样也就二十来岁，却一个个摆出坐拥百万的老练世俗架子。

头戴黑色将军帽、打着红色领带、身穿发白的牛仔衣、敞着怀的青年，指着窗外叹口气，不无后怕地对另外两位说："喂！你俩看那辆拉废铁的大卡车。原来兄弟我也为了收废铁尝遍了人间冷暖，受尽了人间苦难啊。嗨，还真不是人干的活儿啊！"说完不无尊敬地将右手四指并拢，手掌朝上指了指坐在他旁边那位身穿国产西服梳着背头的青年，“自从和巴凯[1]合作，就没那么辛苦啦。虽然有时忙得不可开交，但揣到兜里的钱也多了。”

穿西服的青年拍了拍坐在他身边的矮个子后生的肩膀，呵呵笑着说：“这都要感谢为了搜集他们祖先留在这里的物件，漂洋过海不辞千里来到这里的井口君赐予的机会呀！”

那矮个子穿着一件记者们常穿的，如同燕子窝样密密麻麻好多个兜子的马甲，闻听此言，赶忙站起身来往前欠身，说声“嗨！请多多关照”，然后用手理了一下长长的头发，接着说，“因为是祖辈们用过的物件，所以我才不惜钱财收购的。”挺直的腰身、满脸的自信都好像在表明他是个精明的商人。

“巴凯，你也是个靠得住的伙伴啊，从我拿来的东西上你也得了不少利润吧？我是不会再降价了啊。”头一个说话的青年拍拍胸脯表示自己绝不会再让步。

巴雅尔呵呵笑起来，说：“钢巴[2]，我只是在帮你们两位好朋友而已。能有什么利润呀！但我相信你俩也不会让我白忙活的。”说完摊开双手做出可怜的模样，另外两位听罢哈哈大笑起来。

巴雅尔心里暗想，你还绕起口舌想让我松口，日本人说价格你自己决定得了，我只要能得到我想要的东西就满足了。可是我对你这个哈拉哈人不会松口的，你想都别想。他拿起酒杯提酒道：“喂，我跨国界的好朋友们，为了我们以后更好地合作，干一杯！”

高脚杯发出脆脆的叮当声，碰在一起，啤酒沫飘洒开来。

井口次郎用筷子夹起一块鱼肉说：“钢巴图君，你这次就拿

---

① 巴凯：巴雅尔的尊称。

② 钢巴：钢巴图的昵称。

来这么一件东西吗？阵亡者的名卡、金牙，连骨头碎块都会值很多钱的呀。”话语里透着嫌东西少的意思。

井口次郎从衣兜里拿出一张战争时期日本军人的名卡给他们看。那是一块三寸长半寸宽的薄铜牌子。井口从巴雅尔手里购买诺门罕战争遗址上出土的枪炮子弹等各种物件，又转手高价卖给日本“统计阵亡者协会”，因此发了财。这次也不例外，他是怀揣着发财梦来到这里的。

钢巴图用手指往上顶了顶耷拉下来的帽檐说：“哦！这种像护身符一样的铜牌、生了锈的弹壳、骸骨的碎片等在我们那里的山丘沟渠里就像羊粪蛋和石子儿一样多。谁也不会把它们当回事，捡起它们，谁能想到它们对你们是宝呢？喳，没事，以后再说吧。”

钢巴图割了一块烤肉放到嘴里，拿着刀的手在空中划出一条弧线。他靠近井口压低声音说：“喂，这次我拿来的，可是在博物馆里陈列过的带黄金刀把的日本指挥刀呀。”说着朝门口看一眼，起身做出拿刀砍人的动作，嘴里说着，“我们的单德尔巴特尔把日本鬼子的头颅……”突然又感觉到井口的存在，伸出舌头做鬼脸，“请原谅，朋友！我们的长辈们都把日本人说成是日本鬼子，所以我也不小心说成鬼子啦。喳，不好意思啦！但这把刀确实是单德尔巴特尔砍掉一位日本指挥官的头颅后缴获的，是真实的事情。”说话的同时手又在做着砍头的动作，接着又一次发现自己的过失，又一次请井口原谅，“请原谅，我还是有点喝多了。”心里是不无骄傲地想着，我们的长辈们把日本鬼子连人带马砍成两半的事情确实发生过呀。他眼里清清楚楚地写着这种自豪感。

井口的脸色稍微难堪了那么一小会儿，接着用见过世面的人那种假惺惺的嗓音呵呵笑着说：“没关系，那时候你们不是把日本人说成鬼子，把俄罗斯人说成莽古特吗？一样的，一样的。”笑声中不乏找回一点自信的得意。心中想着，无能又愚蠢的蒙古人，你们也就仰仗着大鼻子俄罗斯的力量战胜了我们英勇善战的长辈罢了。要靠你们的套马杆和矮个子蒙古马能行吗？看你们到现在都不能理解我们武士道精神，把武士说成鬼子的愚蠢样子吧！但考虑到未来的合作，他佯装平静说：“过去的历史跟今天的我们有什么关联呢，我们还是说我们的生意吧！”

“对啊。”巴雅尔和钢巴图异口同声地应道。

“钢巴！那刀上都写着什么字？”井口突然问。

“都是日本鬼子……”钢巴图发现自己又一次说错话，赶忙改口说，“不是，不是，对于认识它的人它是字，对于我这种文盲它是天书。喂，巴凯，那刀不是在你那里吗，你懂日文，你给他说吧！”

巴雅尔为了掩饰自己其实不懂日文的事实，装出一副无所谓的样子高兴地说：“我倒是没太注意字什么的。但我爷爷看到后问我，这把刀从哪里来，怎么到我手里的。还说什么这把刀是他认识的人用过的。并细细端详那把刀来着。”

“你爷爷识日本字呀？”钢巴图和井口异口同声地问道。

“在伪满兵营里当兵当到身体残缺，你说他能不识日本字吗？听人们说我爷爷在诺门罕战争中被俄罗斯大兵用刺刀刺穿过大腿呢。”

“这么说，你爷爷知道这把刀的主人啊？”井口高兴地说着，心想这下我把刀和它的主人一起找到啦，要狠狠地发一把呀。但也不能让他们看出我的激动啊，买卖可是一步步往里深入的。虽然心中已是满满的喜悦，但井口表面上装出一副无所谓的样子，拿出一颗烟点上吸了一口，慢腾腾地吐着青烟。

“爷爷看到这把刀不知想到什么，从他那黑色木箱里拿出带皮套的俄罗斯式手枪和画着日本女人画像的铝质烟盒翻来覆去地看了很长时间呢。”

“俄罗斯手枪？”钢巴图忍不住喊叫起来，“真是应了那句话，幸运喇嘛的骰子在他裤裆里。我们几个的好运就在眼前呢！”说着说着两眼放光，搓起双手，好像好运真的到来，手掌心痒痒似的。

巴雅尔突然想起自己很小的时候，爷爷有一次打马印时被马踢破额头，伤口很大血不停地往外流。爷爷却说，“马是通人性的动物，这点血没什么，比起被俄罗斯刺刀刺穿大腿什么也算不了。牲口有什么错，它又不懂人话。怪就怪你们这些后生没力气呗。”

“我爷爷是个腰杆硬嘴巴又紧的汉子。虽然在‘文化大革命’中被打成‘日本特务’‘杀过红军的反革命分子’，被批斗，受尽皮肉之苦也没把这两件东西交出来，把它们如同自己的命根子一样珍藏到如今……就是现在也不会告诉我们任何东西，我也是那天才头一次看到他那宝贝呢！”巴雅尔说。

2

阿木古楞市郊，日本人始建于一九三七年的一小片花园树林后面生活着一群蒙古族人，主要是一些为看护上小学的孙子孙女而进城的老人们。坐落在村落边缘、带松木板院墙的三间土房靠西的一间里，炕上铺着镶嵌万福图案的毯子，并列铺着两个牛犊皮缝制的垫子，一位白胡子老头躺在上面，枕着已经被汗渍浸染成乌黑色的枕头，打着响亮的呼噜。

墙壁上，绣着快马图案的挂毯旁边，挂着一把带镶骨饰银箍的藤条马棒，用水青色哈达包裹的棒头上还系着些许马鬃。看来，屋主人的年轻岁月也是在骏马的背上像原野的风一样自由自在地度过的吧。炕头上，蓝色铁皮柜子旁边的凳子上摆放着一个黑色木箱。木箱用传统的方法所制，从头到尾一根钉子都没用，使人赞叹匠人巧夺天工的同时也会想到物件的珍贵。箱子上方的佛龛里供奉着唐卡佛像，佛像前摆放着五谷和奶制供品，木质香炉里点着藏地熏香。放在旁边的老式收音机如同马上就要唱起来一样，带有双铃铛的闹钟嘀嗒嘀嗒地响。窗户下的矮脚炕桌上，银碗中还留着半碗奶茶，茶里还有泡软了的奶干和奶皮子。盘子里有未吃干净的羊前腿骨和尾骨等，旁边有一瓶白酒，瓶身上写着蒙古语“成吉思汗”，还有一个空酒瓶，瓶身上用日语和汉语写着“樱花”。

门轻轻地开了，云登老头的孙子巴雅尔轻手轻脚地走进来。

“喂！怎么办呀？”钢巴图和井口跟在他后面小声问，巴雅尔向后摆手，如同夏日招蛆的羊尾，自己却倾身往前。

巴雅尔走到爷爷身边，解下用蓝色哈达拴在腰带上的钥匙，打开那黑色木箱拿出一个蓝色包裹。越是珍惜深藏的东西越招惹别人向往，令之垂涎三尺。巴雅尔因为如此容易地拿到爷爷多年珍藏的宝贝而得意忘形地迈着老板步走出来，等在门外的两位急忙围了过来。正在这时，屋里传来爷爷“孩子！你把那东西拿进来”的声音，虽然很低沉却又不失威严。三位紧张得如同穿了木质裤子一样呆立在那里。

从小像一匹顺从的杆子马一样听老人的话已成习惯的巴雅尔无奈地耸耸肩往回走。已经起身坐起来的爷爷说：“把他们也叫进来吧！”

钢巴图和井口搓着手小心翼翼地走进屋。坐在炕上的白胡子老人用他那一双微微发蓝，在漫长岁月的风雨中失去锐气却不失严厉的眼睛打量着他们，三个年轻人不由自主地打了个寒战。

“看人就看他的朋友，我孙子的两位朋友是来自哪里的什么人？”

“爷爷，这位是日本东京来的井口次郎，那位是蒙古国孙布尔苏木来的钢巴图。他们搜集一些战争……”巴雅尔磕磕绊绊地说到一半不敢说下去了，胆怯地看着自己的靴尖。

“喳，喳，刚才看到你们带来的贵重的酒和食品，我也猜到一二啦。无妨，也许藏在我心中多年的秘密也该说出来啦，孩子们，你们坐吧。”看到爷爷态度的转变，后生们的眼里闪着感激之光。

爷爷开始了他的回忆。

……一九三九年，在这片热土上发生了一场残酷的战争。日本帝国主义支持下的伪满洲国与当时的苏联支持下的蒙古国之间的诺门罕战役，震惊了世界。战争中很多无辜的人失去了宝贵的生命，也有很多人洒热血抛头颅誓死捍卫自己的故土。

那年七月，日本和满洲国军队进行了一场“诺门罕推进”，渡过哈拉哈河在巴彦查干打响了那场天翻地覆的惨烈战役。这场战役中我们兴安北省警备军的神枪手们都被召集过来，归属到一个叫山本渡一的日本尉官指挥下的步兵营突击队，我也是他们中的一员。你们手里的那把军刀就是山本的指挥刀，刀把上刻着他的名字吧？

和我同属一个班的楚勒杜牧胸口上受了伤，靠着战壕用手堵住伤口大口大口地喘着气。这时山本拿着指挥刀跑了过来，嘴里骂着“愚蠢的巴尔虎人，看到你们蒙古人就不敢往前了……”气得像个疯狂的野兽，抬手就把指挥刀刺进楚勒杜牧胸腔里，等他抽出刀，楚勒杜牧的热血随着刀喷出，喷得山本满脸满身血。看到自己的血喷了山本一身的楚勒杜牧，用如同疯牛的眼睛充满仇恨地看着山本，倾身想用尽毕生的力气抓住山本。但已经两次受重伤的他如同被狼夹夹住的野狼一样，还没来得及哼唧一声，便无声无息地咽了气。山本不无厌恶地咧嘴露出金牙，从衣兜里拿出白色丝绢擦拭他滴血的战刀，“你们是伟大的成吉思汗勇敢的后代，为了东亚共荣伟大事业，你们应该向着哈拉哈土地像射出的箭，燃烧的野火一样勇猛进攻才对。你们的伟大成吉思汗为了征战全世界不惜射杀自己弟弟。现在你们面对的不是蒙古人，而是被红色俄罗斯人牵着鼻子的红色蒙古，只有消灭了他们，成吉思汗在天之灵才会得到永远的安宁……”他拿着蒙古人心中的圣祖成吉思汗来给我们这些已是迷茫的人鼓气，话语里不时地透着日本人那种称霸天下的野心。看到他如同掐架的牤牛一样耸着肩，眼中的寒光透过厚厚的镜片四溅，我们的心中不由得打颤。

可怜的楚勒杜牧用右手摁住胸腔，左手伸向我们，好像祈求帮助一样。眼神中有一种寻找母亲的驼羔般柔和而让人心疼不已的光，慢慢变淡消失。唉！我可怜的同伴，一起叠骑一匹马，共穿一件衣服长大的我的发小。我们心里虽然不无动容可是谁也不敢在山本的眼皮底下去帮助可怜的同伴。山本的指挥刀和冰冷的眼神，似乎阻断了我们的手臂和我们的勇气，只有无助地互相打量着，抱着长枪杵在那里。战时长官的命令如同阎王爷的召唤一样无情无义呀，“被异族掌控攥住政权的国民只配这样如同分散的绵羊一样任恶狼一一宰割吧。”每个人心里都有着这样或那样的想法，心中暗暗怨恨自己作为伪满洲国子民的命运，仇恨这恶毒的日本指挥官。也许是人在极度恶劣或者在被鲜血染红的环境中看到的一幕会永远刻进他的脑海的缘故吧，当我再次看到这把指挥刀时，我一眼就认出了它。

经过不分昼夜的混战，我们仅仅往前推进了可怜的那么一点点距离，枪炮声也终于稀疏起来。正在大家舒了一口气，重新为自己寻找掩体时，突然，天地都暗下来，从西边升起的乌云伴随着震耳欲聋的声响以惊人的速度往这边靠近，如同鸟群一样的飞机在我们的头顶上盘旋，子弹像倾盆大雨一样射过来，冰雹一样的炸弹也跟随着到来。大地被掀开，烟雾弥漫尘土飞扬，哈拉哈河岸上顷刻间变得暗如锅底。我们紧忙把各自的坐骑拽趴下，每个人都祈求着唯一能保佑自己的神山，“唉，我神圣的宝格达山！长生天啊！请保佑我们……”或者念起自己会的那几段少得可怜的咒语，双手合十。日本人也学着我们嘴里念念有词地念着“抱到，抱到（宝格达的谐音）……”东窜西逃，那模样让人看着特别可怜。刚刚还在用自己的指挥刀取我同伴的性命，对我们无比凶狠的山本，这时也已经如同热锅上的蚂蚁，六神无主无比恐慌了。

疯狂的轰炸、雨点般的扫射稍有停歇，接着就传来隆隆的轰鸣，地表也开始颤晃起来。抬头一看，喇嘛！我的神山！成千上百辆坦克正如同奔向水源的马群、春季狂野的野火一样黑压压地压过来了。“这下真是到了喇嘛们说的喝水的气数已尽啦，只能在这里枕着自己的影子进入永恒的睡眠啦……”心里突然感到一阵疼痛，“可怜我的老婆孩子要面临生死离别了……”心脏被这离别的疼痛烧灼得如同粉碎成千万个颗粒随风飘逝。洪水一样压过来的坦克行进中射击着，如同被仇恨蒙蔽了眼睛的猛兽一样从我旁边隆隆开过。跟在它后面的俄罗斯及蒙古的骑兵喊着口号、举着弯刀好似一阵旋风一样一路杀过来。我感觉到已经无法逃脱，就爬到自己的战马身后藏起来。战马可是对主人特别忠诚、百般顺从的动物。主人不给它指令，就是在枪林弹雨中它也不会挪动丝毫。可怜我的战马已经从白色变成红白花，身上受了多处伤，已变得血迹斑斑，它也不挣扎，只是用那乌黑的眼睛一眨一眨地看着我。“有史以来骏马和蒙古人就是一对同命运共患难的战友啊！”我的眼泪忍不住地滴下来。

“快给我一枪吧！我受不了了，哎哟，哎哟……”突然听到有人用日语如此喊叫，抬头一看，是山本长官用武士道精神剖腹自杀，却不知什么原因没死成。他如同被抛在地上的陀螺似的团团转着，喊叫着。钢盔被撇在一边，刮得非常干净的光头已经变成汗迹斑斑的硕大肉球。我想起渡过哈拉哈河的那天晚上，头戴墨绿色钢盔，身穿镶金丝肩章的黄绿色将军服，脚蹬带铁刺的军靴的山本长官站在装甲车车头上，左手拿着他那把系着丝绵带子、暗红色檀木刀鞘的指挥刀，扬起戴着纯白色手套的右手，气宇轩昂地说着“大日本帝国的勇士们占领哈拉哈蒙古就像野狼抓羊羔一样简单……”时的模样。“哦，可怜！这就是你胡说八道胡作非为的报应啊，这就叫搬起石头砸自己的脚。刺死可怜的楚勒杜牧时你想到过自己会有如此下场吗？这下咋样？活该！但愿你的孤魂能明白，别人的土地绝对容不下你罪恶的灵魂……”我只能独自嘟囔着缓解心中的怨恨。这时我听到战马从胸腔里发出吱吱咯咯的声音，一摊鲜红的血从它的鼻腔喷出。仔细看来，我可怜的战马已经被子弹打得浑身是血，身上的毛皮像春天的老骆驼一样褴褛不堪。我抚摸它那满是血迹的头，它用那双噙着泪水的乌黑眼睛默默地看着我，好像是在和我说着“主人啊，你我真是命薄啊，如果我钢铁一样的四蹄没受到伤残，我会驮着您冲出这枪林弹雨。唉，说什么呀，可惜已经晚了。我……走了……”它的鼻孔艰难地一张一翕，喉咙里咕咕作响。面对这用无限的勇气为我阻挡着枪林弹雨的灵性伙伴，我除了说声“谢谢了，我亲爱的战友，我的稀世珍宝！”别的还能做什么呢？！我可怜的战马，就在那里一动不动地咽气了。不远处，山本歇斯底里的喊叫声也渐渐变成喉咙里呻吟的声音，最后慢慢消失。对方的骑兵们喊着使人心惊胆战的“乌拉！”，从我们头顶噼里啪啦地跳过去。

狂风暴雨一样的爆炸声渐渐远去，只有机关枪还在一阵阵地扫射，从远处的河套里传来人们互相残杀的喊叫声。近处，对方的士兵好像是在打扫战场，突然传来一声惨叫，紧接着几声枪响，一切再次归于安静。虽然我知道，蒙古军人这是在先用刺刀验证一下对方死没死，如果发现对方还活着就再补一枪，但是，我也很清楚自己已经没有机会站起来逃跑。所以，我只能在战马身边一动不动地躺着装死，等待轮到自己身上的那一轮刺杀和射击，除此之外别无他法。想到冰冷的刺刀或滚烫的弹头撕裂身体时痛不欲生的感觉，我突然感到心惊肉跳脚抽筋，耳鸣欲穿，太阳穴上一阵阵刺痛，浑身冒起微汗。

“喂！旺基拉，你刺一下那个躺在血泊中的家伙，以防万一，谁知道呢，也许没死掉呢。”有人用纯正的哈拉哈口音喊了一声。

“喳，遵命，上尉！”一个年轻的士兵回答完朝我这边一路小跑过来。

我把七天以来一直含在嘴里充饥的羊髌骨死死咬住，心中念着宝格达山，“听说，人在咽气的那瞬间如果心疼财物或者怀念亲人，他的魂魄就会变得依依难离；找到来世路的人的魂魄却会变成一束光飞走。喳，来世我变成什么呢？与其做丧权之国的子民还不如变成一只狗呢……”还没等我完全准备好，随着呲的一声，冰冷的刺刀已经刺进了我的大腿，又被迅速抽出。

“照日格图上尉！这个人的战马鞴的是银饰的马鞍，套着银质马嚼子，看来他是巴尔虎人呀。”刺我的那士兵喊。

“不管他是什么人，只要他和日本法西斯一同来侵略我们，那他就是我们的敌人，你不杀他，他会起来从你后面打黑枪的呀……”那边回答，看来那上尉是个老兵。

“上尉，没错，刺透了也没感觉，死翘翘了。”那年轻士兵拖着沉重的靴子啪啦啪啦跑远。噼啪的枪声和人们的喊叫声也渐渐远去。伸手摸一下热辣辣地疼痛的大腿，摸到满手温热的鲜血。周围已经静悄悄，什么也看不到。逃脱枪林弹雨的日本人也好像都撤到哈拉哈河东岸了。从诺门罕方向偶尔传来一声爆炸，好像从幪毡缝里先看到闪光之后才传来雷声一样，远处突然发生爆炸，火光照亮了整个天空，紧接着传来各种机枪的阵阵嗒嗒声。

“我可怜的战马，救命的宝贝！但愿你在另一个世界里能自由自在地驰骋。”我心疼战马，无比地伤心，卸下马鞍，拿下马嚼子笼套放在它脑袋旁边，以此来祝福它来世还回到蒙古高原来做蒙古人无比珍惜的骏马。还用巴尔虎蒙古人的习俗从马尾上揪下一绺留作牲畜福祉，也是一份我对老伙什的怀念。再撕下衣服袖子，用含在嘴里的那块髌骨堵住自己的伤口包扎好，选了地势低洼处往哈拉哈河岸爬过去。虽然经过了七天七夜的混战，日军也未能往前推进多少，所以没爬多长时间就好像到了河岸，我闻到了河水带有腥味的气味。

哈拉哈河水在硝烟弥漫的原野上慢腾腾地流淌着，苍白的月光透过烟雾照在水面上一闪一闪。茂密的柳条林如同一个个巨兽一样默默耸立在河岸上，好像在守望着它们远古的主人。此时的哈拉哈河在我这个从小生长在此地的人眼里也变得非常的陌生，丝丝的凉风使人后背发凉，随之而来的烧焦味和硝烟味呛眼呛鼻，使喉咙涩涩地疼痛。

河流滋润世间万物，给它们提供生存必须的条件，所以世间盎然万物的发展历史都离不开河流，河流也永远地述说着人类和自然长久以来诸多开心或不开心的故事，静静地流淌着。从达岚诺幕日格战役，塔塔尔人被圣祖铁木真打败的决定性战役，哈拉哈河一直都默默地经历着，喃喃诉说着流淌了千百年。可是，今天的哈拉哈河如同沸腾一样，变得无比浑浊的河水打着漩涡咆哮着。河水中漂浮着涨得大大的战马尸体和已经无法分辨出哪一方的士兵尸体，它们互相碰撞着，撞到已经被炸毁的浮桥木舟被弹回来，又从缺口处挤出往下游顺流而去。水流湍急，地势落差大的深潭打着漩涡如同大蟒蛇的血盆大口，好像要吞噬一切生命一样让人胆战心惊。但是，决定顺着河流而下，在河水的掩护下离开战场的我，除了下河没有别的路可走。虽然被刺穿了的伤口进到冰冷的河水里疼痛难忍，但被与亲人们再次相见的欲望鼓舞起来的我，还是心里默念着“故乡的河流会保佑她的子孙”，果断地跳进河里。我顺着河岸拽住岸边的草木慢慢往下漂流。整夜顺着河岸漂浮之后，在黎明时分找了一处柳条林上岸休息。被河水浸泡了一晚，伤口已经感觉不到疼痛，饥饿难忍的肚子咕噜叫着，浑身一点力气都没有，湿透了的衣服和靴子像木镣一样紧箍着身体无法动弹，四肢像脱了臼一样无法抬起。就这样，我在那里一动不动地躺了一整天。人为了生存而奔波不仅仅是为了活着，也被无限的希望牵引着，感受着自己内心的强大力量，感觉着幸福和痛苦的滋味才是人生真正的意义。“只要活着见到亲人们，一切都会好起来的。”我用这一句千百年来鼓舞了无数人的普通而蕴含着无限力量的话语鼓励着自己，在晚霞中，绊倒在河岸时，我又一次下河顺流而下。

河水依旧哗哗地流淌着，被炸毁的油桶、各种各样的容器、木墩等，一会儿被什么东西卡住，一会儿又被急流带着流向远处。一切从大自然中来的生物都会信赖自然，所有的痛苦和伤痕都仰仗着自然的力量来治愈。不知是因为休息了一会儿身体恢复了，还是因为心中的信念更加坚定了的缘故，好像浑身充满力量一样跟那些漂浮物一起你追我赶地顺流而下。

当东方的天空出现鱼肚白，清晨的凉风阵阵吹拂时，我闻到一股诱人的肉香味。我的眼睛像寻找鲜血的恶狼的眼睛一样发出了寒光，鼻子也参与进来，开始顺着河岸寻觅味道的来源。终于在一处柳条稀疏的河湾里找到了味道的起源。饿得前胸贴后背的我差点把挂在柳条上的某种动物的肠子生吃了。我爬上岸，拖着一条腿找来了一些干树枝和苇子，点上火堆把肠子烤着吃掉。很幸运，每一位参战的士兵身上都带着防水火柴。快要饿晕了的我当时也没有空闲去想自己吃的是什么动物的内脏，只是一个劲儿大口大口地吃。

“大难不死必有后福，长辈们的话真是有道理呀，只要活着人就有办法，大自然也不会不让你活下去的。”我自言自语地嘟囔了一句。填饱了肚子身上也有劲了。我伸了个懒腰，想着“这么好吃、这么肥，到底是什么动物的肠子呢？”抬头看看附近，“哦，我的佛，我的天啊！”我喊了一声闭上眼睛瘫坐在河岸上。你们以为我看到什么啦？人！还是个没有了下半身，带着脑袋的空壳胸腔！那边还有几个人的尸体横七竖八地躺着呢。看他们的军装和长相，肯定是蒙古那方的人，看样子是被炸弹或手榴弹炸死的。从那个胸腔里飞出来的肝肺、没有完全熄灭的火堆旁边的盲肠等，一片狼藉。人肉！还是和我同族同根的蒙古人的……想到这里，我的胃里有一股东西往外顶，两眼开始发黑。把两根手指放到嘴里抠，想把吃下去的东西吐出来，可是只有干呕，什么也吐不出来。我的心已经脆弱到了极点，早知道这样吃自己同胞的肉，我还不如被流弹打死了呢……我抱着头哭起来。心中好像打翻了五味瓶一样一片混沌，觉得自己早点死掉被打入十八层地狱都比现在幸福百倍。

周围的一切在晨光里更加清晰，阳光把我心中无望的情绪慢慢擦掉、赶走。温暖的阳光和潺潺的流水声让我终于睁开眼睛抬起头。自从开战以来，哈拉哈河岸的树林里的大多数动物都离开了。高高的桦树和茂密的柳树林像被遗弃的营地随风摇晃着，只有几只无聊的乌鸦盘旋在尸体上方呱呱叫唤着，不一会儿就落在了不远处的内脏上。大有“您先品尝了就歇息吧，残羹剩饭我们来享用”的意思。它们瞪着带红圈的乌黑的小眼睛，毫无顾忌地从我旁边走过去啄食尸体。

我跳起来对着乌鸦喊叫：“你们这些吃尸体的恶魔，走开！”乌鸦们惊得呱呱叫着七七八八地飞起来，又落在柳树上用它们那死神的使者一样贪婪的眼睛仔细打量着我。还能怎么办呀，苦难永远都打不败人类，最主要的是，我们要有打败一切困难的心劲。我开始刨土，把无意中用自己残缺的身体使我的生命延续下去的这位不知名的恩人的尸体和他的脏器一起埋葬。我不只是为了感恩还愿，同时还把我今世的贪婪也埋葬掉。我这么做就算不是好事也不会是坏事吧，我想。虽然不可能报答恩人的恩惠，但最起码知道他的姓名后，也许将来哪一天会寻觅到他的亲人，再尽一份力，我抱着这样的想法，从死者的衣服里找出一张他和爱人的合影，顺便把他的手枪也拿上。为了尽快离开那片预示着死亡的是非之地，我连爬带跟跄地又一次跳进了哈拉哈河。

顺流而下漂了一整夜，日出时分，我漂到了汇入哈拉哈的一条小溪的入河口。顺着东北方向流进哈拉哈河的那条细细的水流逆流而上，我家就在这条小溪的上游。被无端的怨恨和自责缠绕着，不断地被这种情绪打败着，我在茂密的苇子和柳树丛的掩护下小心翼翼地一点一点地前进。突然，从旁边的树丛里传来带着哭腔的呻吟声。在战争中人必须时刻躲避生人，但是，人在无助的条件下听到同类的声音往往会感到无比亲切，就像迷路的人在黑夜里听到远处的狗叫声一样，会带给你无限的希望。已经做了不可饶恕的罪孽了，如果能不管是谁帮他一把，也许会减轻心中的负罪感呢。但是，在如此复杂的情况下谁也不会轻易相信任何人。听声音好像是一个日本人在呻吟。做了什么孽的人如此痛苦地呻吟呀？我心里这么想着，手里拿着上好膛的手枪慢慢走过去。我看到一个穿着我在日本和伪满洲国军营里从未见过的草绿色军装的年轻日本军人已经撕掉身上的衣服，把防毒面具也扔到一边，并从自己已经发黑的肩膀上撕下一把把肉，踉踉跄跄地呻吟着。

“喂！你这是干什么呢？”我用日语问他。

那人抬起已经露出白骨的手朝我摆手，让我停下，说：“不要走近！我被致命细菌感染了，等着死掉呢！行行好，帮帮我吧！”那声音是那么的可怜，让人不自主地心碎。

“怎么变成这个模样了？我怎么才能帮你？”我不知道如何帮他。他说，他是日本关东军 731 特勤部队的士兵，几天前才坐飞机从哈尔滨来到海拉尔。坐船往河水里倾倒细菌时，船被大炮打翻，他们都落水了。从河岸上跟进的日本士兵们看到他们已经被传染上可怕的病毒，就朝他们扫射一气匆匆离开了。因为他们的部队是绝密部队，所以规定凡是受伤的或被传染的一个都不留，全部杀掉。子弹没打着他致命处，他没有当时命归黄泉。但是，被传染了就必死无疑了。一旦被传染人就会活活地烂掉，痛苦无比，最后会仅剩骨架。那日本人指着不远处夹在树枝上的金属烟盒对我说：“那里有我家的地址和我写给家里的一封信，战争结束了你想法送到他们手里吧！”说完一把鼻涕一把泪地呻吟着，求我赶紧给他一枪结束他的痛苦。我看着他那痛不欲生的样子，心中又是可怜又是憎恨。最后我还是用军人的规矩结束了他的生命，同时也给他一个解脱，唉！真是可怜啊！……

老人划了一根火柴，点上烟深深地吸了一口。

3

多年积攒在老人心中的痛苦与郁闷，好像都在这一刻消失殆尽，他那镌刻着岁月痕迹的脸上，一双已经不太明亮的眼睛里闪着欣慰的柔光。

“苦难会教给人很多道理。战争就是这种让人们互相饮血食肉的地狱。你们都很年轻，能明白这个道理很重要啊。给！使你们好奇的物件在这里。它们的来历我也给你们讲了。你们看看吧！”老人把那包东西递给了三个年轻人，长长地叹了一口气，起身用虬筋盘结的手指小心翼翼地捏着佛灯的芯插好，再给佛灯添满了黄油点上。多年积压在老人心中，让他时时刻刻都在悔恨和自责中煎熬的那份旧伤，将在漫长的岁月中渐渐淡化，而他亲身经历的这一切都会变成留给未来的心灵遗产。

接过包裹的三个年轻人急急忙忙打开它。包裹里有三件东西：带暗红色皮套的俄制式手枪、镶着日本女人照片的金属烟盒、蒙古军官和他爱人的合影。

“喂！这是我奶奶和爷爷的合影啊！”钢巴图突然伸手指着照片里的人大声喊起来。

“什么？你说什么？好好看看，你爷爷叫什么名字？”老人非常激动地连续问了好几个问题，眼睛里充满了期待的锐光，平日里稍稍佝偻的后背此时也挺直了。他前倾着身体，抬头从下往上看着钢巴图的嘴，好像期盼着从那张嘴里掉出他毕生的希望。

“同样的一张照片在我奶奶手里。我爷爷名叫照日格图，参加哈拉哈战役时的军衔是上尉，听说战争期间失踪了。和他一起执行任务的战友们的名字都被刻在我们哈拉哈河战争纪念碑九十位英雄纪念塔上。因为那时候没能找到我爷爷的遗体，所以只能被写入失踪人员的名单里了。现在想来您的那什么……”钢巴图哽咽起来，棕色的上挑眼里噙满了泪水。

屋里安静极了，只有闹钟嘀嗒嘀嗒地响着。三位年轻人默默地看着老人长长的灰白色眉毛下方那双如幽潭一般深不可测的眼睛。

积压在心中多年的找到恩人的亲人的愿望突然就那么有了眉目，使得老人有些不知所措，不知道接下来该怎么开口，只是跟他的烟袋锅过不去，频频呼出一口口青烟。屋里烟雾缭绕恍如仙境。

“这人世间有聚有散，人生有如意的时候，也有不如意的时候。弱肉强食是必然的结局。但是如此面对当年那位蒙古军官的后代，对我来说真不是滋味呀。”老人摇摇头用屈节的手指揉着眼睛。

“爷爷，这烟盒里的遗书是我爷爷的笔迹。”井口突然小声说，满脸做错事的神情，噙满泪水的双眼不敢直视大家。

老人如同被针扎一样跳起来：“什么？怎么会这么凑巧啊？”一副百思不得其解的样子。

钢巴图和巴雅尔也好奇地看着井口。井口指着纸上的字说：“这封遗书是写给我奶奶的。上面写着我住在东京的奶奶的地址和她的名字呢。”

为了利益临时走到一起的三个年轻人，刚才那份得到了想要的一切的满足感随风飘逝般倏然淡去，思绪被那遥远的硝烟弥漫的战争年代的恩恩怨怨左右着，感受着噙在眼里的泪水无比珍贵的分量。

走过那战火纷飞的年代，经历过生离死别的老人，此刻心中无比感慨。盼星星盼月亮盼到了今天的大团圆，心中的那块大石头终于落地啦。老人的心情变得无比敞亮，眼中的世界也明亮了不少。他端坐在那里慢腾腾地说："孩子啊，你爷爷离开这个世界时可是非常痛苦呀，可怜的人！他在心里说的话你读给你的同伴们听一听吧！"老人想着"自然和世间盎然万物都有着不可或缺的关联，永远的骨肉亲情和血缘相连是如此的神秘莫测，冥冥中的一切都是如此的合理而让人欣然接受"。

爷爷的身世之谜在井口心中埋藏多年，此刻，他怎么会让这位解开他心中疑惑的老人失望、等待呢。他含着泪，哽咽着读着那封遗书：

我亲爱的芳子：

请原谅我从遥远的满洲国和蒙古国的边境上给你们写下这封悲切的离别信。我们大和民族的千万个优秀男儿在这里成了无谓的牺牲品，失去了自己宝贵的生命。我们的国家想用战争和瘟疫来拓展她的文明，把我们这些血肉之躯、父母的好儿郎永远抛弃在了别人的土地上，这是多么让人心寒的一件事啊！我从东京来满洲国就被分配到731特勤部队，从事着让人意想不到的，连地狱里都不会有的罪恶勾当。为让侵略的妖风吹拂全世界，为让大和民族走进极乐世界，我们忠诚的血已经流尽。愿天皇的命令、大和民族之魂保佑我们！为了打败俄罗斯人的红色的风暴，我出卖了灵魂。并不是站在对面的就是敌人，人类其实都是兄弟姐妹。我的孩子，亲爱的妻子，你们要记住！热爱生命，珍惜人类！整个人类就是一家人，珍惜人类共同的文明！细菌战给人类带来了深重的灾难。你们要以此为诫告诉后人，只有站在全人类的高度上，我们才会有更好的未来。无情的战争使我们面临了无谓的死亡，在这无情的命运面前我们人类是如此的渺小！

愿世界和平吉祥！

爱你的井口建三

1939 年 7 月

井口次郎读着他从未谋面的爷爷的信，苦涩的泪水像哈拉哈河水一样涌出眼眶。

原载《潮洛濛》杂志 2006 年第 3 期

译于 2017 年

邻家的红苹果

达·布仁陶格陶 著
照日格图 译

达·布仁陶格陶

本名布仁套格套，蒙古族，生于1964年8月，赤峰市巴林右旗人。内蒙古作家协会会员。1983年开始在《鸿嘎鲁》《花的原野》《潮洛濛》《启明星》《内蒙古青年》《西拉沐沦》等报刊发表诗歌、散文、小说三百多篇。出版散文小说合集《守望》。《芦岭鹤》获全国第二届“翁牛特”杯短篇小说奖。中篇小说《黑山的风》获得全国首届“水晶杯”蒙文奖。中篇小说《枪声》获网络文学奖。

照日格图

蒙古族，1983年生。中国作家协会会员，内蒙古翻译家协会副主席，现为蒙古文期刊《内蒙古青年》主编。翻译作品二百余万字，散见于《译林》《民族文学》《读者》《环球时报》等。出版有长篇小说《试婚》(合著)，译有长篇小说《青史演义故事》《蒙古国文学经典·小说卷》等。译著《红鸟的呼唤》获第十二届内蒙古自治区文学创作“索龙嘎”奖。

班车在镜面般光滑的柏油路上行驶了三个小时，故乡熟悉的青山终于映入了钢苏和的视野。他焦急地朝班车司机问道："司机师傅，不顺着前面的岔路进村吗？"

司机师傅缓缓地点了刹车，问道："你要在这里下车？"

"是的。"

到路口时，司机停车后说："不进村已经好几年了，现在这个村里已经没有什么乘车的人啦。"

钢苏和下了车，翻越一道沙丘，便见到了他的家乡哈日格那图村。远远望去，村落似收藏多年的国画，泛着破旧的黄色，可这依然无法抵挡一股暖流布满他的全身。

今年雨水多，钢苏和总担心他那座老房会漏风漏雨，熬到秋末才挤出一点时间，回到了自己阔别几年的老家。

在农村牧区实行禁牧政策后，老天也一连几年不下雨，连年的大旱使农牧民入不敷出，加之这两年集中办学，生活在农村牧区的不少人为了子女的入学问题都搬到了城里。钢苏和也被卷入这次人口流动，几年前卖掉自己的几头牛，与妻子宝尔玛进城，成了一名饭店服务员。工作这东西往往熟能生巧，如今钢苏和经营一家小餐馆，手头富裕起来时，他看到了生活的希望。他无比眷恋自己的家乡，时刻想着能在家乡干一番事业。

搬到城里的那天，几位乡亲稀稀拉拉地前来送别，哭得最凶的要数与他只有一墙之隔的邻居希吉尔。她抱着宝尔玛，流着眼泪说道："钢苏和你俩放心地走吧，我负责给你们看家护院。除了这个，我还能做什么呢？"

钢苏和背着包准备回来时，宝尔玛对他说："这两年幸亏有希吉尔，我们才能在城里安心工作。可别忘了她，如果希吉尔愿意来城里工作，就带她过来。妈妈不是说，临危之时帮人一把是最好不过的吗？反正现在餐馆里还缺人手，找一个知根知底的人，不也很好吗？希吉尔是一个苦命的女人，跟了那么一个没出息的男人，日子才变成这样。都说红颜是祸水，不知道是不是。"

钢苏和穿过刚刚收割完的绿豆田。几年前，这里还是丰美的草场，他想起自己还在这里放过牛羊。地里的几只鸽子受了惊吓，扇动翅膀飞起来，在天上盘旋几圈，落到了不远处。这一切在钢苏和看来既熟悉又陌生。临近村头，钢苏和看到几头猪和几只个头如家猫般大小的宠物狗在来回奔跑。他讨厌这些宠物狗，嘴里轻声说道："城市和农村，怎么就成了这些玩意儿的乐园？"他希望在这里遇到几位昔日的朋友，左顾右盼半天也没遇到一张笑脸。村里人家的院墙倒了一半，树木半死不活，玻璃窗变得惨不忍睹，不是被破坏，就是落着厚厚的一层灰，家家户户的门都七歪八斜，好多房顶上长出了半死不活的野草。村里像经过战乱一样，变得格外萧条，昔日那种人声鼎沸，人畜共存的繁荣景象早已变得不复存在。村里还是热闹一些好。如今的村落，像没了宝贝的空匣子，死气沉沉，看着叫人难过。

仅仅过了几年时间，家乡就变得如此萧条……钢苏和顺着长满野草的小径行走，路过几户人家，到达了哈日格那图村最热闹的地方——"日升小卖店"门口。几位老人坐在屋外的台阶上聊闲天，见钢苏和过来，纷纷站起来寒暄。看到村里的老人，钢苏和想到自己的爸妈，由于激动，说话声不停地颤抖，问这问那地走进小卖店。正在择谷物的小卖店老板娘看到他进来，忙放下手中的簸箕，站起身面带微笑地招呼道：“哟，是钢哥回来啦。”

看到村里的第一张笑脸，钢苏和稍稍舒服了些，寒暄道：“是啊，刚下班车。还有点空，就过来转转。乌日罕妹妹，你的生意不错吧？”

“不错什么呀，哪儿能比得了你这个大老板，简直是天壤之别。现在可不比前几年，好多人都进城务工，留在村里的都是些穷人或者老人，所以生意根本不行。你也不看看胡子大爷家，他儿子把地都卖啦，说是要出去打工。大爷天天来我这里赊酒喝，今天我就没赊给他！”说着用下巴点一下外面小声说道，“如果磕了碰了，那还不得赖我！”

“胡子大爷连酒都喝不起了？”钢苏和觉得有些蹊跷。

“唉，这个大爷可不是以前的大爷啦，性格变得非常古怪。这几年我们村里发生了很多变化，你不知道的事儿多了去了，胡子大爷的儿媳……”乌日罕说到这里，凑近钢苏和小声说，“你家的邻居希吉尔也……”此时电话铃声响起，吓了她一跳。她去接电话时，朝钢苏和摆手示意，“现在不说了。哥你去看看自家的房子和院子，如果没有啥事就过来转转，村里发生了不少稀奇古怪的事儿呢！”接着她拿起听筒说：“喂，什么？今天又不回来了？掰下来的几亩玉米还在地里躺着呢，猪饲料也没了。你把里里外外的活儿都推给我一个人……什么？在通辽？你又跟那个老杨干啥呢？他是你爹呀？天天跟着他麻将麻将，能不能有点出息？明天再不回来，就别想进这个家门！”说完“啪”地挂了电话。铃声再次响起时，乌日罕看了一眼来电显示，没过去接。乌日罕的鼻梁上渗出了汗珠，皱着细长的眉毛愤愤地说：“哥，我不想跟这个混蛋过了。他整天不着家，把那点收入都献给牌桌了，真不知道他闹的是什么鬼。没几天孩子就长大了，他也不操心这些……”

钢苏和买了点东西，准备回家时，乌日罕跑出来说道：“我来准备晚饭，你过来吃晚饭吧。”

今年夏天雨水充足，通往钢苏和家的大路上长满了野草，硬是把大路逼成了小径。看到老房子，他便想起曾经的苦日子，眼眶湿润了。铁大门明显小了一圈，锁头生了锈，让人无法辨认。院墙倒是没有损坏，房顶上有个瓦片移了位。院子里长满了野草，几棵果树长粗了一些，但是由于缺乏修剪，都没有结果子。地表水连年下降，有几棵已干枯。幸好家门上的那把锁没有生锈。屋里的一切都还是原来的样子，女儿的玩具皮球和绿手套依然躺在炕上。女儿曾戴着这副手套喂羊羔和鸡群。不知从哪里飞进了几只麻雀死在窗台上，鸟喙已变形弯曲，看上去像老鹰的。屋顶有几处漏雨，出现了水印，但墙皮没有被浸泡。

看到完好的家院，钢苏和稍稍舒了一口气。

他在院子里的野草间随意散步，走到了从东边墙探出头来的那棵大苹果树下。

希吉尔与他家仅一墙之隔，那棵苹果树的枝丫翻墙占领了他家的“领空”。他到树下抬头，没有看到苹果，只有稀稀拉拉的黄叶偶尔凋落，告诉人们秋季来临的消息。他想起自己吃过不少希吉尔给的苹果，就想看看她。

他从墙头探出头，看到的景象与想象中的完全不同。那时候希吉尔家的院子里有五颜六色的蔬菜和水果，绿绿的麦穗随风摇曳，希吉尔穿一身红裙出现在院子里。如今的院子里荒芜一片，到处长满了野草，几只麻雀落在屋檐下叽叽喳喳。平行的两根电线断了一根，在院子里耷拉着。院里的四轮拖拉机锈迹斑斑，泄了气的车轮周围也长满了野草。以前总是挂着五颜六色衣服的晾衣绳上，如今只挂着一件褪色的黑衣服，好像乌鸦的单翅；平时干干净净的玻璃窗上落满了灰尘，有一大块玻璃上出现了明显的裂痕。

钢苏和看到这些正黯然神伤时，突然传来了女人的哭声。钢苏和靠着墙头探出头，看到希吉尔正坐在苹果树下的凳子上流泪。她低头擦泪时，长发和树叶一同挡住了她的脸庞。红裙下的双腿毫无血色。

“希吉尔，希吉尔，你怎么了？”轻声问了几遍，她也不答话，于是钢苏和绕过院墙，准备去她家里瞧瞧。

走进院子，钢苏和看到硕大的苹果树下那把椅子空空如也，椅子的靠背上挂了个红色的塑料袋，正在随风摇曳。刚刚还坐在这里的希吉尔哪儿去了，钢苏和环顾四周也没找到。难道进屋去了？屋门锁着呀。钢苏和本想再喊几声，又怕她正在方便，于是退了出来。一定是她那位扇风耳丈夫动了暴脾气，对她拳脚相加。这样一想，往事便一一出现在钢苏和的脑海里……

那是一个烈日当顶的夏日。希吉尔一大早便起床，炒完糜子，一口茶都没来得及喝便朝村里的石磨走去。希吉尔动作麻利地磨完炒米，毛驴上驮着干干净净的炒米回家时，她那烂醉的男人站在院门前发飙道：“我都饿坏了，你茶饭不做，去哪儿闲逛了？”希吉尔也来了气，说了一句：“你在家，为啥就不能做饭？”她那扇风耳丈夫蹒跚着走过来，抢过那袋炒米，嘴里说着：“我叫你磨，我叫你磨。”竟把一袋炒米全倒进了喂猪的泔水缸里。正在院子里干活儿的钢苏和闻声翻墙过来，从泔水里抢出还没有被弄脏的炒米，放进簸箕里。此时希吉尔也过来，推开丈夫，一边哭一边骂：“你这个没有人性的畜生，恶魔！”“恶魔”

叉着腰骂骂咧咧，走到钢苏和身边，抢过他手里的簸箕，咬牙切齿地骂道："你要这些炒米喂你爸吗？都给我倒喽！"推推搡搡间，"恶魔"的拳头落在钢苏和的鼻梁上，打得他鲜血直流。钢苏和也气到极点，一把拽开那位"黑阎王"，摔在地上。希吉尔嘴里说着："钢哥，我们杀了这个不知好歹的畜生吧！"朝"黑阎王"冲过去。宝尔玛也赶了过来，钢苏和与宝尔玛一起劝了半天，战争才平息。钢苏和夫妇准备回家时，希吉尔把簸箕里的炒米倒进袋子里硬塞给宝尔玛，说道："这些炒米你们拿走，不积德的恶魔不配吃这金黄色的炒米！"

"黑阎王"不知悔改，想起来就骂希吉尔一通。下午，"黑阎王"拿起锹和泥，加高了钢苏和上午跳进来的墙头，还在墙头扎了很多玻璃碴。晚上他们似乎又吵了一架，希吉尔跑出来，趁着月光拔了墙头上的玻璃碴。

从第二天起，"黑阎王"到处传话，说希吉尔和钢苏和沆瀣一气揍他。

钢苏和想起了苹果。每年秋天，邻居家结着大红苹果的苹果树枝都会伸到他的院子里，可他从未动手摘过一个苹果。虽然希吉尔多次跟他说可以摘着吃，钢苏和怕她那个"黑阎王"又到处说三道四。风偶尔刮落一两个苹果，钢苏和也捡起来放到她家墙头。有一次，希吉尔从墙头上叫钢苏和的女儿过来，给了她一筐苹果。第二天，宝尔玛去希吉尔家串门，看到希吉尔披头散发，脸上青一块紫一块。宝尔玛问发生了什么事，希吉尔起初什么也不说，后来竟抱着宝尔玛放声大哭。原来都是昨天的一筐苹果惹的祸，她的男人嫌她左一个哥哥右一个哥哥叫得甜，问她除了苹果，还给了什么？并对她拳打脚踢。希吉尔和村里的人多聊两句，"黑阎王"就动手打她，更不要说希吉尔参加庆典和婚礼。

就算没什么事，等希吉尔回家之后他总要找个理由暴打一顿。面对这样一个畜生一样的男人，钢苏和夫妻二人除了在心里唾弃，也别无他法……

钢苏和在院门前左右徘徊，可怜那家庭暴力之下的希吉尔。不过，他决定不管闲事，因为所有这一切，最后都只能由希吉尔一个人来承受。想到这里，钢苏和开始默默地往回走。他看到胡子大爷正站在他家的院门口等他。

“孩子，你没进院子吧？”胡子大爷用下巴点了一下东院。钢苏和不知这位微醺的老汉在说什么。胡子大爷望着希吉尔家说：“她家的院子里有黑狐狸精，那狐狸精附在希吉尔体内，让她受尽了折磨。希吉尔姑娘犯起病来就疯疯癫癫，几条壮汉也按不住，动不动就往水多草高的地方跑，一丈多高的院墙，她用手一扶就跳过去了，这些都是我亲眼所见。她的男人经常打她，所以她在野外一住就是好几天。她连自己的孩子都吓唬，咬自己男人的手和脚，还把一只耳朵给咬下来了。她的男人没办法，只好把她关在屋里。上个月一个风雨交加的夜晚，她摸着黑，在那棵苹果树上吊死啦。”

听到这里，钢苏和觉得毛骨悚然，后背一阵阵发凉。钢苏和根本不敢相信这个叫人遗憾又难过的消息，便目不转睛地盯着胡子大爷问道：“别人怎么知道是狐狸附体的？您也相信这样的传言吗？”

“哎哟，孩子，要是别人嘴里说出来的，我还真不信，不过这次是那只黑狐狸通过希吉尔的口亲自说出来的，所以不得不信。”

“不会吧？一切都是假的！”钢苏和伤心地喊了一声。

“你大爷我今年都七十多了，离进棺材的日子不远了，我还能胡说吗？我打十三岁那年开始在这里打了不少猎。我们打猎只是为了生存。不过我万万没想到世上还有这样稀奇古怪的事。我可以用人格担保，这件事肯定是真的。有一天我听说希吉尔病了，就来看望她。没想到希吉尔一见我就犯了病，直勾勾地看着我说：‘长胡子老头，三十年前，我们在鹌鹑山坡和黑峰山的阳坡见过面啊。’她的眼神，就是狐狸特有的眼神啊。我正不知所措时，她接着说：‘那时候你还是个朝气蓬勃的汉子，现在你的眼神浑浊，老得没了样子。我认识你父亲，也认得你的祖父。你的祖父是个经常骑一匹高头白马的牧马人，他那长调唱得醉人，他懂得怎样和大自然相处。你父亲是个没有出息的猎人，你也随你父亲成了刽子手。’说完她竟哈哈大笑。她这么一笑，我的心里咯噔一下，想起了三十年前的那次狩猎。”

天阴了好几天，终于在夜里下了一场大雪。雪停放晴后，胡子大爷来了猎瘾，绕着哈尔丘陵转了半天，却连一只兔子都没打到。他不甘心，中午时分钻进了鹌鹑山的林子里。父亲常说这座山上有一只老狐狸。不过他不怎么信以为真，仗着手里的猎枪，迈大步进了山林。有一只鹌鹑突然起飞，吓了他一跳。他想起猎人们经常说雪后的鹌鹑飞不远，于是从后面追上去。追到山林深处时，看到一只狐狸刚刚留下的脚印。他果断放弃鹌鹑，开始追狐狸。狐狸的脚印明明是刚刚留下的，可任凭他怎么追也追不上。狐狸有时疾步行进，有时立起来慢慢走。以前他从未见过这样的脚印，心里有些恐惧，但也不想就这么放弃，越追心里越害怕。他在鹌鹑山西坡稀疏的锦鸡儿林里见到了狐狸。那是一只浑身黑色的狐狸，它衔着大尾巴，这儿闻闻，那儿瞧瞧地小跑了一阵子，突然背对着胡子大爷躺在雪地上。胡子大爷趁机一步步逼近它，找到合适的方位仔细瞄准后，扣动了扳机。枪声响彻山林，狐狸周围的雪被打得纷纷飘落。那只狐狸若无其事地站起来，抖落身上的雪，蹲在那里直视着他。胡子大爷看着狐狸，狐狸也看着他。狐狸看着他懒洋洋地打了个哈欠。狐狸吐出火红的舌头时，胡子大爷抓紧时间给猎枪上了火药和子弹。狐狸似乎在等待他，胡子大爷准备好之后，它便站起来一路小跑。胡子大爷恨自己太慢，发誓一定要打到这只狐狸，紧跟在他身后。狐狸绕着鹌鹑山的锦鸡儿林子跑了一圈，然后奔向哈尔丘陵。胡子大爷追了一天又累又饿，准备放弃时，在哈尔丘陵阳坡的大榆树下又看到了它。胡子大爷屏住呼吸，一步步靠近狐狸，狐狸则慢慢站起来，看着他的一举一动。胡子大爷瞄准时手开始发抖，他犹豫了一阵子，最后还是扣动了扳机……

希吉尔姑娘哈哈大笑道："现在想起来了吧？你知道你的猎枪那天为什么不响吗？我安安静静地给你站着，你的手却抖个不停。我施了点小把戏，你的枪就不响了。当晚你家的黑白花乳牛就因为难产，冻死在牛圈里；你尿了三天血；你右手的大拇指到现在还偶尔抽筋。你杀害了不少动物，所以你的儿子将来不会有出息，你也甭想过好！你们村里的老书记在年轻时，打得我后背上的毛少了一撮，险些让我死在他手里。我只怕他一个人。你这个孬种，我根本不怕！就算你脱胎换骨，也不能把我怎么样。我劝你现在赶紧收手，把你下在东边凹地里的套子扔火里！如不照做，你的孙儿将死于非命。"

胡子大爷望着钢苏和说道："听了它的一席话，老汉我可吓死了。自从被希吉尔，不，被狐狸精骂了一通后，我就彻底不打猎了。我知道，我现在开始遭报应了。儿媳扔下三岁的孙子跟人私奔了，卖完我的草场和田地，儿子也消失了。"说到这里，老人叹了口气继续说道，“长辈说人一旦走了倒霉运，妖魔邪祟都跟着他。这只狐狸在我们村里有些年头了。‘文化大革命’时期，它附在我嫂子身上折腾了一阵子。这次最厉害，附在可怜的希吉尔姑娘身上要了她的命。狐狸精附体之后，希吉尔姑娘每天晚上坐在院子里哭，她的男人跑了，没人知道下落。村里的人，都不敢聊这些。你肯定没听说这些，所以才来劝劝你。别踏进希吉尔的院子半步，会遭殃的。”看到老人痛苦的表情，钢苏和的心也沉了下去。

钢苏和不相信这些。难道世上真有妖魔鬼怪吗？天真、善良、美丽的希吉尔姑娘成了妖精？不可能啊。我刚才听到的哭声，也许是风声吧，我一定把红色的塑料袋当成了她的红裙子，那两条腿可能是凳腿而已。我宁愿相信希吉尔不在了，也不愿相信刚才看到的那一幕。我得去苹果树下看看。

钢苏和这样给自己打气：

如果她的灵魂能哭，那也能说话吧？我相信她会告诉我一切。我要耐心地听。

钢苏和决定不听胡子大爷的劝阻，推开自家院门，朝那棵苹果树走去。

那是一个微风轻拂的秋天。农忙时村里人都相互帮忙。宝尔玛和钢苏和帮希吉尔掰完地里的玉米，正在帮她割玉米秸秆。希吉尔的男人又喝得烂醉，在地头酣睡着。他们三个忙完手里的活儿，坐在玉米秸上休息。希吉尔和宝尔玛一边闲聊一边擦苹果。钢苏和面朝天空躺在玉米秸上，阳光和煦地照着他的前胸和脸庞。宝尔玛说要去方便一下，走了。

“钢苏和哥，吃个苹果吧。”希吉尔温柔地唤他。

“我不吃。”

“那你吃什么？我也没带别的东西呀。”希吉尔笑着说。

“我倒是想吃你。”钢苏和眯着眼跟她开玩笑。希吉尔坐在他身旁，含情脉脉地看着他。

“宝尔玛姐姐多有福，她的老公真是个好男人。‘黑阎王’早晚会要了我的命。”希吉尔说着长长地叹了口气，拿出一个大苹果轻轻地碰了一下钢苏和的嘴唇，说道，“这苹果多好看，你吃了吧。”

被阳光晒过的苹果，散发着独特的芳香。“是啊，它真好看，就像你的脸庞。”钢苏和说着坐起来，开始吃苹果。

希吉尔看着他小声地问道：“如果我变成一个苹果，你会吃得这么香吗？”

“你在胡说些什么呢！”钢苏和无辜地笑道。

“我说真的。”希吉尔说完低头，她的脸红成了苹果。

钢苏和走到苹果树下。他屏住呼吸静静聆听，只有风吹树叶的沙沙声。他顺着这个方向从墙上探出头往下看。苹果树下的凳子上空无一人，有一个红色的塑料袋在风里飘扬。他舒一口气，嘴里小声而坚定地说道：“幻觉！”

伸过墙来的苹果树枝碰到了他的头，让他抬起了头。他愣在那里。他不敢相信，可眼前的一切并非幻觉，而是明明白白的事实。

“苹果！”钢苏和情不自禁地喊一声，脸上的表情凝固了。在叶子逐渐变黄的苹果树上，只结了一个苹果，大得惹人眼。苹果滴着透明的液体，不知是露水还是眼泪。

那液体没滴在地上，滴滴都落在钢苏和的心里。

原载《西拉沐沦》文学双月刊 2014 年第 2 期

译于 2018 年 7 月

蛇的迁徙

巴图苏和 著
海风 译

巴图苏和

蒙古族，1957年生。自1981年在《花的原野》上发表处女作《瀑布》以来，在内蒙古自治区内刊物上发表小说、散文、报告文学等母语作品数十篇。小说《生活轨迹》获内蒙古自治区文学创作“索龙嘎”奖，小说《岩羊山》入选蒙文教科书高中读本，该小说也被蒙古国文学期刊《朝克》杂志转载。

海风

蒙古族，中国作家协会会员，内蒙古翻译家协会副主席、内蒙古网络文艺家协会副主席、内蒙古作家协会诗歌委员会委员。1980年出生于通辽市奈曼旗。2002年毕业于内蒙古大学，现任《花的原野》杂志社副主编。出版有翻译作品《作为行为艺术的爱情生活》、蒙译汉诗集《黑骏马》、蒙译汉散文集《彩虹岁月》、蒙古文诗集《郊外的秋天》、汉文诗集《时尚中国　我为模特写诗》和《牛蒡草》。译著《四胡之神》获第十届内蒙古自治区文学创作“索龙嘎”奖。

太阳从沙坨那边穿过薄雾，羊粪蛋的火花般冉冉升起时，道尔吉正将二百来只山羊放牧在浩特[1]西边的草地上。他忽然看到有一条花蛇盘绕在公山羊的犄角上，一见到蛇就惊骇得透心彻骨的他瞪大了眼睛，生怕那条蛇咬伤那花五千元买来的公绒山羊。因为惧怕，道尔吉声色俱变，为了吆喝调转头山羊而加快脚步时，又发现其他山羊的犄角上也都盘绕着大小粗细不一的沙漠短紫蛇、细白蛇。

道尔吉站在这群山羊后面，观望一阵后背着腰，脚步踉跄地走回蒙古包时想起一个故事。很久以前，一条蛇在一户人家勒勒车上堆积的羊毛里产下卵。当那户人家迁走时，母蛇孤零零地留在原地。母蛇为幼蛇撕心裂肺，拼命爬行着追赶那户人家。它的肚皮已磨破，鲜红的血液从它腹部的伤口渗出。翌日，那条蛇竟然盘绕在那家红山羊的犄角上，随着迁徙的人家又赶了一天的路程。户主见此情形，敬拜龙族水神，用火剪子将那条蛇从红山羊的犄角上弄下来，将蛇放在它爬来的路径上，为其酹乳[2]，想把它留在半路上。可谁想到，翌日那家扎下营盘，安顿下来时，又

① 浩特：一户牧人家。

② 酹乳：蒙古人敬献乳汁的礼节。

看见这条蛇蜷着身子缠绕在那头系上彩绸、奉为神物的羯山羊犄角上。从来没有做过激怒龙族水神之事的户主整夜辗转反则，思索个不停。这条蛇怎么会这样寸步不离地紧跟着我们呢？当他打开勒勒车上驮载的物品查看，只见从那团团堆积的羊毛里爬出两条筷子般细小的幼蛇。于是他将幼蛇与母蛇一并放到灌木丛里，向它们酹乳祈愿。据老人们说，因为使母蛇与幼蛇相聚之福泽，那户人家后来成为远近闻名的巨富。那个地方也被称作毛盖图[①]，但后来随着蒙古人迁入城镇，地名亦被改去，逐渐淡出人们的记忆。

道尔吉回想着这个故事，走到蒙古包门前，给正趁着晨凉捣酸奶的老婆道力玛讲述刚才所见的情景。可他老婆将散落在鬓角上的针茅草色的头发用手绾到耳后，难以置信地说："喳，请不要胡说八道！"说完，不再言语，从她翕动的嘴唇可以明显看出她在数算捣酸奶的次数。道尔吉走进蒙古包，还未来得及喝奶茶，号称"旋风"的桑杰骑着摩托车来到他家门口。

桑杰向女主人寒暄着说："哈，瞧这家捣着酸奶，在安然度夏呀，您好啊！"女主人做了个请的手势，他拉门而入。

"喳，道尔吉，您可安好！度夏可好？"

道尔吉说："好好，最近下了点雨，旱情有所好转，我那几只山羊也能下奶了。"他点了烟，递给桑杰，桑杰也拿出烟回敬他。

"你这一大早从哪里来呀？有什么稀奇见闻？"道尔吉说完，从敖特尔[②]上专用的小箱子里拿出瓷碗，给桑杰倒上热奶茶。桑杰想：我不能说从萨仁老人那里来，那样道尔吉兄会知道我对萨

① 毛盖图：蒙古语，意为"有蛇的地方"。

② 敖特尔：蒙古语，意为"游牧营盘"。

仁的姑娘有意思，会拿我开玩笑。若此事成了也罢，道尔吉拿它开玩笑也无妨。可这事已无着落，萨仁的姑娘还对我说："我已经有心上人了，请你谅解。"桑杰想到这些，按捺住自己沮丧的情绪，强作欢颜。

桑杰接过瓷碗，抿嘴一笑，说："这远近相邻里也没啥稀奇事。听说北盆地的达尔扎策仁卖掉牲畜，只留几只羊放在弟弟的羊群里，把房子按一年一万的价格租给了别人，想进城干一番大事业。可谁能想到，他进城后看到人们在拆农贸市场，兴许是想用农贸市场房顶上的砖瓦搭建棚屋吧。他有点马大哈，冒冒失失地上到房顶，可能建筑质量不好，实在难以承载如此笨重的人，屋顶突然塌下去了。达尔扎策仁的股骨头折了，三条肋骨也断了，断了的肋骨插入他肺里，差点要了他的命啊。还是医生医术高明，给他及时做手术，把肺给缝上了。可手术费挺昂贵，他那出租房子的一万元哪里够！"

道尔吉在火撑子[①]的边沿轻轻抖落掉烟灰，袒护着达尔扎策仁说："命保住了，钱无所谓。钱是人挣的，今天没钱也可以，不见得一辈子清贫。达尔扎策仁虽然有些浮躁，但过起日子来却井井有条，头脑灵活。"这番话弄得本来想接着说达尔扎策仁不是的桑杰只好转换话题说："听说每户只能养二十五只小畜或五头大畜。"此时，捣完酸奶、淘出白油走进来的道尔吉的老婆说："真是的，不想给你白油。"说完给桑杰的碗里加了点白油。

"才二十五只吗？"

"加上头和脚不是一百二十五嘛！"

"要是人多的牧户，这还不够过冬呢。"

道尔吉给桑杰倒奶茶，再用手按按脖颈，不由得打了个嗝。

---

① 火撑子：在三颗石头上架上锅子的生火用具，用来熬茶做饭。蒙古语称之为"图拉嘎"。

在敖特尔的蒙古包里他们开怀畅谈，盆地里炊烟袅袅。一只蓝花色雀鸟摆动着花尾巴走过桑杰的摩托车旁时，蒙古包的门突然打开，女主人道力玛为煮酸奶走了出来，雀鸟受惊飞走。道力玛给地炉添柴，煮起酸奶，还侧耳倾听着蒙古包里的谈话。

道尔吉说："听说巴特尔苏和最近痴迷酒和麻将，玩麻将一夜间输掉一万元。"

桑杰幽默地说："那麻将简直就是大烟啊，一旦迷上就会变得六亲不认。希日布为陪护妻儿去旗里还不到一年，玩麻将成瘾，整天忙着打麻将，家里连吃的东西也没有，觅食的野鼠来到他家也一无所获，哭着出去喽！道尔吉兄，如果你感到寂寞，也可以到旗里逛逛那条黄街呀。"后面那句话虽然说得有些低沉，但被外面的道力玛隐约听见了。

道尔吉却说："像我们这样整天与牲畜打交道的人，哪有那些破事？人一旦闲下来，就会花样百出。"

他们的话有些道理，但桑杰刚刚所说的"如果你感到寂寞"使道力玛极度不满，她嘀咕道："你们真是自不量力。"她先用勺子将沸腾的酸奶轻轻扬了几下，然后从地炉底下抽出柴火，再举起火热的酸奶锅放到灌木丛底下凉一凉。当她走进蒙古包时，两位汉子正聊得兴致勃勃，热奶茶早已喝完，只剩下空瓷碗。

道力玛对他们说："你们俩聊得可好啊。山羊已经走向水井，你们骑摩托车去给山羊饮水吧。若等我步行走过去，山羊在井上早乱作一团了。"

道尔吉应道："喳，好的。还要使唤客人吗？"他这么一说，桑杰也起身，说："让嫂子使唤最好不过了。"他说完，披上外衣。

道力玛听了说："你如果好好帮嫂子干活，就会娶上好妻子。等你结婚时嫂子去给你帮忙。"

桑杰说：“喳，好啊，届时我会给您献上哈达，邀请您前去！”道尔吉也插话说：“那倒无所谓，中午吃一顿干肉米茶吧！”说完，他匆忙走出去。

“把水桶带上！”道力玛把水桶里的水倒进煮奶茶的锅里，晃晃荡荡地提着两个水桶，平衡着放在丈夫的摩托车后座上。

两人骑着红色摩托车从乡间小径扬长而去。

他们来到井上，在野外边干活边聊天，谈到早上那些蛇盘绕在山羊角上之事。

桑杰说：“那是蛇在迁徙。前两天我们旗道路附近都是蛇，旗长下达了封路令，几天之内禁止车辆通行。”

道尔吉高兴地说：“旗长的命令下得好，要不然那些蛇会被车轮碾死，道路也会被它们的鲜血染红的！”

桑杰又说：“那又怎样，起初向西爬行的一些蛇已经被路上行驶的汽车碾死不少。”他喘着气，奋力地拉出水桶，水花四溅地倒进水槽里。涌向水槽的那些山羊头部都弄湿了，喝足水的山羊挤出来，抖落着身上的水。桑杰看到一只山羊偷偷摸摸地走到正向水槽挤过去的奶山羊身后吃奶，于是拽住它的蹄子，挥动木棍把它驱赶。

“把水桶递给我，我来拉吧！”道尔吉一把拉住水桶的绳子。桑杰用衣角擦拭汗水，力不从心地说：“好久没有拉水桶了，如今弄得筋疲力尽，人这玩意儿一旦离开劳动，身子骨就会变得虚弱，胖得像葫芦一样丑陋啊！”说完，他哈哈大笑。

道尔吉使出猛力，一气儿拉了好几桶水，让这群山羊美美地解了渴。桑杰嘴里叼着烟，为晾一晾汗，走到较远的沙窝那边解手。几只母山羊围着水槽走来走去，却不伸头饮水，似乎意在木桶里的水，差点走上井台，仿佛说着“你去，我去”般相互角斗推挤。草地上不时有云影掠过。不远处道尔吉家的蒙古包升起蓝色炊烟，他似乎闻到了老婆给做的干肉米茶香味。桑杰一路想着道尔吉娶妻成家的原委，返回到井上。他出其不意地问道尔吉："喳，跟老兄您问个事，当初您的老丈人一家极力反对你们结婚，你们俩怎么走到一起的？"

道尔吉一时间不知如何作答，只好抿嘴一笑，盖住了井口。当他看到头山羊走向草场时答非所问地说："我们家的公山羊都肥壮。"

"你为啥说起公山羊？我在问你们的事呢！"

道尔吉语重心长地说："我父亲去世得早，他性格直率，敢作敢当，无所畏惧。我也多少秉承了父亲这些性格，不愿在人面前点头哈腰，我跟老丈人进行周旋，还略施小计，才迎娶了你嫂子。"

桑杰略微感到胆怯，没有继续问下去。他想：如何才能使道尔吉打开话匣子呢，男人彼此间隐瞒私密事儿是爱老婆的表现吗？如果我有那经历，肯定会说出来，可这老练的男人不会对我说的。是的，我在初中时，也与班里的女生萨仁在去学校的路上的河谷里发生过那档子事，也没告诉最好的朋友呀。人的脸皮咋那么薄呢？虽然羞于说出，可做起来毫不顾忌，真是奇怪！

道尔吉生怕那几只母山羊掉队，从井口周围拾起石子击打驱赶它们，一边想着：依桑杰的性格和今天这追问的架势，似乎要想听听我和道力玛谈恋爱的那些事。我年近五十了，什么没有见过，什么没有听过。就算对你这黄毛小子说出来，也算不上过失，都是夫妻间该发生的事。你如果有兴趣，我但说无妨，那样你不再追问了，对于没有生活阅历的人我们这事确实稀奇……

返回的路上，桑杰对道尔吉说："真羡慕您一直坚持放牧山羊。如果不再放羊，您如今也许在打麻将，逛旗里的黄街。真是环境改变人啊。"

道尔吉说："那倒不会，不再放养牲畜后嗜酒成性的老汉们倒是有的。你看那些离开牲畜的老汉和老婆子就像早年里褪色的衣服一样无精打采，百感交集。饮着奶茶，望着畜群是多么惬意的享受，可一旦失去那些畜群就难以维持生计。一辈子放牧的人忽然没事可干了，真是难以想象啊。"

从那掀开底毡的蒙古包飘来米茶的香味，早已饥肠辘辘的桑杰忍不住走进包里。道力玛对他说："给山羊饮水，累了吧？"说完，为他献上干肉米茶。道尔吉紧随其后，啪啪跺着脚，抖落鞋上的灰尘，坐到包里左后边。

桑杰不由赞叹道："这真是母亲品尝了也会高兴不已的美味干肉米茶呀，如果可以，我给嫂子颁发奖牌！"

道力玛说："是桑杰有口福，这是冬天剩下来的几块干肉，本想昨天做干肉奶茶喝，却没来得及，正好今天你赶上了……哦，对了，老头子，刚才儿子来电话，他在电话里想说什么事，可一直拐弯抹角，仔细一问，才说出来，他打算在呼和浩特买楼房。"

道尔吉听了说道："这孩子一没女朋友，二没工作，还想在呼和浩特买楼房。听说城里的楼房价格涨到天上去了，仅靠我这几只山羊哪里够，真是自不量力。前两年说是做什么批发生意，赚大钱，花掉几万元，吃了点亏，到现在还没有悔悟呀！"

道力玛却说："既然生了孩子，就得为他付出一切，如果没有楼房，哪家姑娘肯跟你的儿子风餐露宿呢？"

道尔吉说："喳，不要说袒护孩子的话，让人厌倦。大学都毕业了，难道一辈子当饭店的仆人，要是实在找不到工作，靠这些家当也能过日子。大学毕业，不是非得干坐办公室的营生。"

桑杰想调和一下如此争吵的夫妻，插话说："如今的孩子不再愿意赶牲畜过日子了，也不愿意住在乡下。你们的儿子还行，为了过日子，在饭店打工。坐吃父母的孩子也多得是。”说完，桑杰想：他们如此反对儿子在城里买楼房，要是听到儿子和城里的姑娘谈恋爱，还不得暴跳如雷啊！他们的儿子想让我给他父母传递恋爱的消息，看样子，今天不适合说了。

此时，道力玛又说：“儿子说什么楼房的首付款？还是什么？如果我们给他解决首付款，剩下的他要自己贷款，慢慢还。”

道尔吉想：卖牲畜的十万多元在银行里存着，我不会把这些钱放进棺材带走的，是为儿子的成家立业准备着。他听罢妻子的话后说：“你能把话说得再清楚一些吗？你没有瞠目结舌吧？”

道力玛不耐烦地说：“人家还没把话说完，你倒是横插一杠子，唠叨不停！给儿子打电话仔细问一下那楼房的价格是多少，首付款需要多少钱吧，我哪记得那些数目！”她把手机递给道尔吉。

道尔吉喝完一碗米茶，将碗递给老婆，胡子上还粘着一粒大米。他接过手机给儿子打电话，一直到打完为止，那粒大米依旧粘在他胡子上。道力玛给他做了两次手势，可他聊得正酣，不屑一顾。桑杰差点笑出声来，他真想开玩笑说：“道尔吉老兄除了嫂子还有其他相思的人啊。”道力玛喝着米茶，倾听老头的话。她想：我老头是个倔强的人，不达目的誓不罢休。她本想盖平房，可老头一直不让，至今都住在蒙古包里，还一直在坚持养牲畜，谁都拿他没办法。正如歌里唱的“钢铁入火便会熔化，人一旦老去便从儿子心意”一样，老头为了儿子简直是在所不惜。他刚才提到儿子的那个批发生意，钱也都是他给的，那时还瞒着我，最后事情一露馅才告诉我实情。如果当年儿子的工作有着落，他也有可能卖掉草场，给儿子备钱。

道尔吉打完电话说：“他说大概需要二十万元，这还可以，再贷点款就够了。我给儿子说起桑杰在我们家时，这孩子问我，桑杰有没有说什么？桑杰，你要对我说什么？”他凝视着桑杰。桑杰慌作一团，心想现在如何是好？要是说出来，坏了事怎么办？如果不说，现在该当如何？他正踌躇之时，道力玛的手机响了。住在盆地南边的诺日吉玛大姐打电话说：“你刚才的通话怎么那么长，晚上我们家要宰羊，请你早早赶过来帮忙拾掇羊下水，灌血肠。我马上派孩子骑摩托车去接你。”

道力玛说：“刚才我们家老头用这部手机跟儿子聊天了。”然后听着手机，一连串应着：“喳喳喳！”她瞥了一眼老头的脸，对他说：“诺日吉玛姐请你们去她家喝新鲜羊肉汤。”道尔吉只顾喝米茶，没有言语。他想：这桑杰到底想要说什么？等道力玛去诺日吉玛家之后好好问问他。他对道力玛嘱咐说：“你路过东坡时采些沙葱过去，搁沙葱的血肠味道才鲜美。”这似乎是予以应允。道力玛洗刷完锅碗瓢盆时，外面响起摩托车声，不一会儿诺日吉玛的黄毛小子走进来，没有落座，急急忙忙地说：“我接完大婶后还要去苏木拿东西。”

桑杰和那小子开玩笑说：“你们家要杀羊，不请我吗？”谁知那黄毛小子直接回道：“不请！”因为在他小时候，桑杰总是吓唬他说，要取他的腰子，所以这小子至今心存忌惮。他骑上摩托车带上道力玛，飞驰而去。

正值中午，留在蒙古包里的两位男人聊得酣畅。道尔吉为桑杰揭开了当年娶上道力玛的秘密。原来道尔吉和道力玛结婚前，道力玛就怀了孕，极力反对他们结婚的老丈人一家生怕自己女儿未婚生子，只好委曲求全，底气不足地答应道：“你们自己看着办吧！”让道力玛怀上孩子也是出乎道尔吉意料的事。那年正逢六十年不遇的大旱，道力玛一家要到远方的敖特尔转场，队里派道尔吉去帮忙。可道力玛的父母时刻与女儿寸步不离，不让她与道尔吉走得近。他们仨晚上睡在敖特尔的帐篷里，却让道尔吉睡在帐篷外面，偶尔起风暴，则让他睡在帐篷门口。有一天，道力玛的父亲出去寻觅牲畜，没有回来，在野外露宿了。道尔吉趁道力玛的母亲出去解手之机，对道力玛嘀咕道：“你在夜里钻到帐篷的右面铺上被褥，我趁着夜色摸过来！”深更半夜之时，道尔吉将他那张夜里铺睡的熟山羊皮毛朝外地裹在脚上，蹑手蹑脚地走近帐篷，拔掉帐篷的一根钉子，将帐篷一角掀开，伸手一摸，道力玛果真按他的意思睡在那里。于是，干柴遇上烈火，生米煮成熟饭。翌日，喝早茶时，道力玛的母亲略感稀奇地说：“昨夜风好大，把帐篷给吹得凉飕飕的。”她哪里知道，那何止是野风，还有云雨大作呢。之后，这个秘密行动神不知鬼不觉地延续了半年。

道尔吉瞥了一眼桑杰，似乎在说，我已经给你全盘托出了，你要对我说什么。他坐起来，给桑杰递烟。桑杰也深晓其意，他想：在他开口之前把他儿子托付的事说了吧，这也是我今天到此的目的。他又想起道尔吉儿子对他说的话：“若是说我与城里的姑娘谈恋爱，我父亲绝对不允许，还是请叔叔您见机行事……”

桑杰对道尔吉说：“我想告诉您一个好消息。”他举起奶茶壶，给自己的瓷碗倒茶间想：我怎么对他说呢，要不就说是乡下的姑娘吧，还是稍微委婉一点为好。

道尔吉看到桑杰的表情想：什么喜事磨叽了一天，到现在才说出来呢？邻里之间有什么可隐瞒的，见面寒暄之际就能随口说出啊，这家伙为何还是难以启齿？看他的面色，很明显是有所顾虑。还是稍等片刻，听他怎么说。他正思索之时，桑杰说：“喳，兄长的贵公子有了女朋友，自己不好意思对你们说，特地派我过来告知您的。”

看到桑杰如此慌慌张张的神色，道尔吉问：“喜事是喜事，你怎么比我儿子还不好意思呢，为什么刚才我们夫妇俩都在时不说此事呢？”

桑杰说：“那姑娘我也看到了，长得鲜花一样艳丽。”

道尔吉问：“只要不是城里的就行，她家是哪里的？是什么人家的姑娘？”

桑杰打着圆场说：“她好像叫王霞，父母是做生意的。”

听了桑杰的话，道尔吉满腹疑虑：难道是城里的姑娘？听这名字，一定是找上了城里的姑娘。好啊，桑杰，你对我不说实话，我照样能撬开你的嘴，和我比，你还嫩着呢，竟然对我卖关子，如果我假装答应，你肯定会说实话。想到这些，道尔吉说：“孩子们的事父母说了也不算。”

桑杰见此机会，开导他说：“是啊，开弓没有回头箭，你不愿让儿子娶城里的姑娘，可是你儿子领上门来，你照样得请进门的。”

“这么说来，他果真找上城里的姑娘了？”道尔吉的嗓门变大，似乎有些愤怒。

桑杰接着说：“我的兄长，该认命的时候就得认命，我们俩谈的不是挺和气的嘛！”桑杰把肚子里憋一天的话终于说了出来，心想：是你自己儿子找的，不是我给他找的，为何对我发脾气？

道尔吉把脸拉下来，沉默无语。他这种神情使桑杰坐立不安。蒙古包里一时死一般地寂静下来，好像时间在这里默默地燃烧。随后，道力玛打来电话，让他们去诺日吉玛姐家吃羊肉。他们虽然一同出发，可在路上却拉开了距离，道尔吉步桑杰后尘，让人等了很久，才到达诺日吉玛家。那个夜晚，道尔吉酩酊大醉，也没吃几口肉，只吃了几片羊肝和几块羊血肠，倒是和桑杰频繁举杯，醉话连篇，嘴里嘀咕着：“他们走不到一起，你瞧着吧！”道力玛也第一次看到道尔吉如此烂醉如泥，而且酒醉后哭哭啼啼，和他同床共枕三十年，今天才看到他这副德性。

翌日早晨喝茶时，道力玛想起昨夜桑杰趁着酒劲说什么“有一个叫作帐篷角落的好地方”，不知说的是什么地方，让人不得其解，也许是说给道力玛的玩笑话。这男人总是不正经，都说些什么呢！想到这里，道力玛在桑杰起身启程时，笑话他说：“小心连人带摩托车摔在旗里黄街的泥泞路上啊！”

太阳照样升了起来，刺眼的光线照着宿酒刚醒的人。道尔吉干呕几下，带着酒后虚弱的身躯走向自家的蒙古包。

原载《花的原野》杂志 2013 年第 1 期

译于 2017 年

瞬时的陷阱

阿 · 赫林 著

席 · 照日格图 译

阿·赫林

本名胡毕斯嘎勒其，1968 年 8 月生于鄂尔多斯市，毕业于中国政法大学。内蒙古翻译家协会理事，曾任《世界文学译丛》杂志副主编，现从事律师职业。内蒙古自治区第五届文学研究班学员。1990 年开始发表小说，短篇小说《瞬时的陷阱》收入内蒙古人民出版社出版的小说集《陷阱瞬失》。

席·照日格图

本名张照日格图，蒙古族，1973 年生。内蒙古自治区通辽市作家协会会员，现为自由职业者。与他人合作出版蒙译汉文集《诺恩吉雅》。蒙译汉译作《迁坟》《认石》《登罕山》《小草》发表于《草原》文学月刊。用汉语创作的诗歌、散文获多种征文优秀奖。

灵感凋零否

抑或从未显现?

——引自略萨[①]《叙事人》

沿着陈年潮湿的墙壁，蜘蛛网如幻觉般隐现。我追忆的每一步都踉跄着，每次跌倒后都如迷路的寻者般悻悻归来……从而我故事的模型犹如一座沙屋般反复剥落坍塌……暮年的天空虽无一丝阴云而明朗，但年迈的记忆亦如流水般回旋，每一次回旋都变幻出不同的质感和色泽。

天气预报每天播报风雨将至的消息，迫使这条流经房前的小河混浊黏腻起来。碎了玻璃的窗子、被它割裂的小河、河上悬飞的鸟雀……转瞬间都如一缕飑风般闪逝。

此时，追忆的迷雾向我袭来……傍晚黏稠的霞光依稀接近梦境时分，恍惚可见站在那枯树下候车的四十年前的我……

---

① 略萨：全名马里奥·巴尔加斯·略萨。拉丁美洲著名作家及诗人，结构现实主义大师。代表作为《绿房子》。

我

落日余晖的暗淡霞光把土黄色的道路弥漫成橘红色，亦把枯树下叉腿站立的我拉伸至极致。稍后，我心知肚明的那两位姑娘将会到来。抵近坡顶后血红喘吁的夕阳下，两位姑娘的身姿像被透视一样泛起一层淡淡的黑晕，且在一块块碎镜片中，肢体破碎般飘忽不定。走近时，那轻盈的步态溅起松散的红尘而身影飘漫。柔和的轮廓透过衣衫时隐时现，宛如巧手艺人手中的剪纸飘然而至。

娜的突然出现，在我干枯盘结的回忆中弥漫起了一袭暖蓝色的光泽。青春不羁的饥渴眼神在姑娘最成熟娇美的部位肆意搜寻了一番——我后来有关于此的记忆便一直定格在了姑娘那隆起衣衫的缝隙间……姑娘把她乌亮的长发编成三股长辫垂至臀际，众所周知这是很美的……随之莞尔一笑。

“去旗[1]里呀。”

恍若晨光的暮色飘散的空中，鸟雀的鸣叫裹挟着沮丧飞去。叶片落尽的枯树被霞光拉长了身影。三人等车的身影也如长调般被拉伸至细长、幽远。

娜没回答我，而是站在她旁边的那个姑娘答了话。几年后，我认识了这个我称之为“娥”的姑娘。娥是一个很善良的姑娘……

有关于娜的回忆，一直在我脑海中起伏闪现，如风中飞散的纸屑般伤感。而有时这些记忆碎片又慢慢旋聚起来，给我一种鲜花盛开般的华丽景致。然而娜并不是舞台模特般的漂亮姑娘——

---

① 旗：内蒙古行政区划单位，等同“县”。

吸引我的，是她那轻盈步态中完美颠颤的魅惑部位……

娜讲的故事在我们的路途中如生津甘泉般引发了兴致。在我暗自思量的空当，这彩虹般绚丽暧昧的故事情节虽时有中断，但我们还是将其比作不堪自身脆弱而断折的香灰，一丝怜悯中，听故事的心情始终未被破坏……

娜的故事

我从室内黑暗的角落，迎来每一个黄昏。歪斜腐朽的门永远敞开着。但这并非为了去除屋里的湿臭味。因为这门是在等一个人。

月光洒在脏兮兮的门槛上，更加深了室内阴冷的气息。那人将会在此时出现。高大的黑色身影袭门而立，宽肩阔胸呈现一种想当然且又陌生的轮廓。这是不是在我心中激起某种陌生的美感了呢?

而这种感触将会一直刺痛我的神经吧。每当闭上眼睛他就会浮现在我脑海中。但他从不进屋来，总是站在门口叫我跟他去。所以我就跟着他去了。

我们越接近漆黑的树林，还算安稳的心就越发被打乱了。可是树林里没有想象的那么黑暗。月光穿过枝叶间隙，点点光斑飘散着洒落林间，犹如梦境般笼罩了四周。

这时我们看见两棵树间有个白色东西蠕动了一下。被我们的脚步声惊扰的那东西突然飘忽直立起来，从我们身旁像风一样飞去了。扑面离去的那轻飘样子简直像一张毛毯飞过去了。

在刚刚那白东西晃动的地方，有个光身子女人一动不动地躺着——那女人显然死了有段时间了，全身都僵直了。

但这时候……

怎么？不信我说的吗？要说也是，本来这种事听着就让人觉得荒唐，反正信不信由你们了。

这时候突然响起一声瘆人的长声尖叫。那叫声让我俩觉得在什么地方被人跟踪着似的，听了后背直冒凉气。我吓得回头看了过去。当然是什么也没有。接着我又犯疑地四下看了看。在月光下更显暗黑的静物们的身影令人起疑地微微颤动。这叫声是从我左边响起来的……对，有可能是猫头鹰叫。

“认识吗？”我指着光身子女人问他。

这时有某个鸟类穿过林间斑驳的光影，微颤着游走了。这情形更加让我俩惊悚起来。

“不认识！”他随口回答说。

我俩在树林里转了一圈又回到刚才的地方时，更可怕的情形让我俩惊呆了——刚才那死尸竟然不见了。四下找了一番也是毫无踪迹可寻。

我想说的意思是：这也不是什么特别吓人的事——

黛色夜空笼罩下的女人的惨白裸体，此刻在我们心里只是成为幻影而闪动，远处颤游的鸟的黑影再也没能触动我俩相同的心思……潜意识真是和我俩开了个可怕的玩笑。从女尸出现到消失的这段时间里，我们的记忆里竟什么也没留下，只不过是林间散步了而已。

娜的故事到此便间歇了。

而娜的故事在我们冷寂的心海中引不起丝毫的涟漪。那只不过是针刺空气般的毫无回报的行为罢了。她那七十七道弯般情节曲折的故事模型，在毫无征兆突然响起的毛驴号叫声中花容失色、落地而碎了。

她抿嘴一笑。颇为端庄贤淑的一笑，那情形，虽非终日，却也是时而占据着我此后四十年的时光。随后我们就倚在生产队的残垣断壁前歇息起来。

我们走来的这条车道弯曲起伏着，绕过七十七个矮丘石崖穷目而尽。这段路是我们徒步走来的，由此，想去旗里的艰难企图便成为了在生产队的破败会议室逗留一宿的诱因。围坐在昏暗油灯旁的这三人的身影，如同窥视诱饵的饿虎般，可怕且慎微地跳荡着。娜的脸庞在昏黄的油灯下如同精致的哲学手册般端秀、高贵……

生产队会议室里娜的故事

其实也没什么可值得怀疑的。可以猜想这女人的尸体可能是哪个逃犯扔到这的呢。或许是……如果这周围方圆一二十里地没有人家的话，也可能是有人想和我俩的其中一位来个恶作剧。所以说可能是有人想吓吓我就把她扔在那里的吧？其实那四周方圆一二十里地真是没见有人家呢……

后来每到有月亮的夜里，我俩就不出去散步了。被可怕的寂寞压迫着、徘徊在屋前的小路上暗自忧伤时分，忽然抬头望去……四周沉浸在月色朦胧中了无声息，身边只有独影相随，阵阵微风吹扰着发梢，真是顾影自怜。

有时虽有夜鸟轻颤着暗影从头顶游去，却再也不曾在我心弦上弹出柔和浪漫的音符。这景象会在我脑海中反复出现，并和那夜色、那月空、那夜鸟的画面交织重叠起来……由此丝丝寒意袭我全身颤至心头时候，我就会忍不住自己的泪水……

有一天，当月光又把脚下的小路以那记忆中的可怕惨白色扰动时，我悄悄靠近了黑漆漆的树林。树林里凉润的空气慢慢触醒我心底沉睡的意念，我的心情更是沉重起来。那不是幻想中的树林，而是一片面积很大的黑水湖。虽然月光把湖岸点缀得如和缓音符般怡人，却也更加衬托了湖面的幽暗，湖水如墨、幽波粼粼。

这时候，只见湖对岸有个白色东西快速滑来。它那灯花般小巧活泼的身影轻拂水面很是光滑——如飘舞的飞蝶、如旋飞的绢纸般轻飘抵近时分，将那披了月光的奶白色摇晃稀释着，斑点隐现如麻雀蛋的轻羽夜鸟——如毛毯般、如白鹤展翅般携风飞落……站在了一旁。

我说过像毛毯一样的……当它到来时，我不禁惊讶地抬头仰望。月光皎洁、夜空深邃，这时有某个大鸟的翅膀在我头顶上摇曳身影轻颤着游去……原来是幻象又一次跟我开了个玩笑。视觉在现实和幻觉的缝隙间跳荡着，把我反复抛入了浩瀚的时空深渊——我想说的是（请原谅）——一只小船停在了我眼前。

撩起破旧的船帘，他微笑着走了出来。

我怦然心动，等着他的走近。他那宽肩的黑色剪影看着如同切开的崖壁般刚健。那强劲的步伐从大腿处收紧再迈出，仿佛踏响地心般稳健。这时候，（真是见鬼了）在我眼里他却是站在原地一动不动，反倒是我一步步走近他了一样。

他走到我近前站了下来。从湖心吹来的阵阵微风中，他那平顺油亮的黑发纷纷扰扰遮掩起他的面庞。他举起白皙的手收拢起这些放荡不羁的俊美符号向后抚去时，手指像消融在水里一样暗自隐没，浮出时更加突兀了那黑水湖般的幽深莫测。

“那女人……你还记着那死人吗？”我那样问他时，不知为什么会有深切的悲伤哽咽在嗓中。

彼此无话沿湖边散起了步。此时此刻，那些往事在我心里像堆积的云层一样翻滚纠结着，完全混沌无序席卷而过……真是让人无比沮丧。我们彼此沉浸在各自的思绪中，于夜的无声中一同散步却谁也不想打破这寂静。

“你怎么哭了？”他轻轻碰了我一下问。

“没，我没哭，是眼里进脏东西了。”

“我给你舔一下吗？”

“不、不，你会弄疼我。”

他轻声叹了口气。

此刻，月光把我俩的影子又拉长了些，两颗脑袋和两副面具已跌落水中。由此我俩的影子时而重叠、时而分离，即便是四肢扭结像是纠缠在一起的样子，但终究是没头没脑的影子罢了。

我俩突然同时停下了脚步。

远处传来了瘆人的笑声。这笑声如同推开重门入室行窃的窃贼脚步声一样可怕又令人厌恶。

“可能是猫头鹰吧，哎……”他长舒一口气抱住了我。

“你放开我！”也不知是哪来的力气，我一把就把他推倒在地了。他站起来温柔地笑着又凑了过来。

“你这是怎么了？”

“那女人？她是谁？”

“哪个女人呀？”

“那个上吊死的女人。”

“她没死……”

从湖深处游荡来的幽风吹打着我俩的脸，就像隐藏在黑暗中的冷笑般成了一种无力抵抗、也无法摆脱的如影相随的可怕之物。直到现在我都要说我猜得没错：黑暗的深处，一直有什么东西的眼睛偷看着我们。可是，他无论如何都不至于忘了这件事，虽然这件事可能已经过去好几年了，但在我想来他是没忘的……

只不过是我俩谁都不愿提及这个暗藏心中的刺罢了。

“你累了，你是太累了！”

“为什么？”

“月光里很多东西都有被看错的可能呢。”

“为什么？”

“因为过度劳累会让人被幻象迷住的。”

随后，他给我讲了这样一个故事……

他的故事

那姑娘是我在宴席上遇见的。太阳落山时，她才从办席的屋里走出来，骑马而去。在粉红晚霞的映照下，漂亮姑娘的苗条身段随那匹白马的碎步小走轻摇轻摆，婀娜生姿。那撩人的身姿下是鞍座的漂亮铜饰和圆润的腰臀，还有红裤子包着的饱满紧实的大腿、踏紧铜镫的漂亮靴子和扽缰催马的利落身手……我骑着毛驴偷偷跟踪了那个无以伦比的漂亮姑娘。我们过了好几道坡梁也没丢了相互间的距离。这种事儿完全是“有闲有马”的乡下小伙子们的漂亮绝活。

可是那姑娘翻过一座坡后就突然不见了。我拿大灰驴出气狠抽了它几鞭子，跑下坡去找的时候，就见不远处的一丛锦鸡儿[①]旁，那姑娘的白马正拖着缰绳吃草呢。可姑娘却不见了。

见到同伴似的我那大灰驴屁滚尿流地叫唤着向那儿跑了过去。这时候就见那姑娘从锦鸡儿丛一侧慌忙提着裤子站了起来。裤腰带的铁扣叮地响了一声，刺眼的白嫩也被红裤子遮住了……

① 锦鸡儿：一种豆科丛生灌木，开黄色小花。

转眼间那姑娘已经翻身上马扬鞭跑远了。

这时候姑娘已经完全没了影子，只有我一人骑着毛驴在天黑下来的大草甸子上踉跄前行。因为跟丢了即便用眼睛疼爱着也是莫大快乐的那糖块一样的姑娘，我心里就像秋末的湖水一样凉透了。姑娘那小河一样的细腰随着走马颠步暗自轻摇——在宽臀白马的颠跑中虽然稍显笨拙却招人喜欢地忽扇着——从饱满的大腿到膝下夹紧大马肚子的秀气小腿——那双漂亮利落的小靴子真是好看。但是这一切已经再不能看见，太阳落山四周黑蒙蒙一片，到处都有黑影窜动似的让人心里发毛。

这时候从薄薄的夜幕里依稀有歌声随风断续传来。这歌声像绸缎一样轻飘飘飞过来却又突然断掉，就像中箭的天鹅从黑蒙蒙的天上栽下去了似的。

为了弄清这是什么歌我索性停下来听时，那歌声却像是戏弄我似的又断掉了。可当我刚走几步，歌声突然又袅袅升起，像是闻笛起舞的印度蛇一样昂首蹿动起来。那声色格外细长，是随风轻摇的那种软软的歌声。所以时断时续、时远时近，听不清到底唱的是什么。随后歌声又断，四周静悄悄的了。

这时候，我看见从夜幕里有个白东西像羊油球一样一耸一闪地渗透了过来。那白东西从有崖石的石滩地里难以置信地腾闪着飘了过来——仔细一看，原来是个骑毛驴的人。噗噗跑来的大灰驴背上有个身穿白衣的人敞着怀随风忽扇着左摇右晃、前仰后合，而且那脑袋就像是黑天里的拨浪鼓一样叮咚作响。这时我听清了一句歌词：……这美的爱还缺什么……

我那又见了伴儿的毛驴急不可耐地叫唤着急匆匆驮起我向前跑去。两头牲口相互碰鼻示好之际，我在驴背上浑身发冷、大感诧异地惊呆了，因为眼前这头驴的背上什么也没有……

原来在驴背上飘飘忽忽、左摇右晃的那白东西竟然是幻象。

当它跳荡忽扇着又接近我时，我突然看见它身后不远处有一大片树林在夜色里阴森发黑呢。白东西和毛驴原来是从那黑树林里突然跑出来的。

树林里冒出了钻人心窝的阵阵阴湿气。我没进树林，而是坐在地上等月亮出来。

等月亮的这段漫长时间在我日后的记忆里，变成了只是不停抖颤的黑绸般显现而已。然而当月亮泛青的光泽把周围的景致柔润沉浸时，树林的黑暗显得更加突兀，一种神秘可怖的气息蠢蠢欲动起来。然而随着我的接近，那可怕的黑暗竟像沙漏一样缓缓流失，简直是一条装腔作势的野狗——当它煞有介事拦路叫嚣时，径直走过去，它就会耷拉下耳朵没声了……而现在林间松软的草地被舒服地踩在脚下，从枝叶间洒落的月光披了我一身的斑影。

这时离我约十步远的两棵树中间有个白东西上下动弹着。急促的喘息声不断从那里传出来，像飞沙走石一样冲击着我的脸。

那动静就像是陷在泥沼里的双腿一样缓慢笨拙地重复着，突然又急促沉闷地发出一阵低吼，像拉满的硬弓似的强忍着撑了一会儿，随即就像消融在无比安乐中似的骤然舒缓下来——那忍不住的呜咽呻吟响起来，就像是牧马汉子的哨声。

那白东西看见我接近，就一跃飞起瞬间消失在夜空里了。

这时被它压在下面的光身子女人在月光下斑驳的影子间闪了出来。从扔在一旁的红裤子上，我认出这女人就是刚才骑马的那位漂亮姑娘。可是那姑娘紧闭着眼睛，我走近了也一动没动……

他的故事这样结束了。我俩也已经离开湖边出现在回屋的小路上，两条身影依然是重复着时聚时散的影子游戏。

这时我问他：“那个骑驴的白东西……嗨，你说，那是不是就是你？你们俩难道不就是一个人吗？”

他没说话摇摇头笑了。现在可以把他的故事理解为悬疑类或谜语类的智力测试题了。而那“白东西”则可被认为只不过是幻觉类的心理“陷阱”罢了。但是他沉默良久后说：“不管怎么说……那女人没死……”

“为什么？”

“因为那女人就是你……”他迟疑了一下说。

我的天，接下来我还能说什么？

“娥，咱们现在该走了吧？”娜这样说着讲完她的故事站了起来。真的该走了。天都亮了。

和称之为娜、娥的两位姑娘一同翻过小山顶再次踏上去往旗里的远路时，一轮红日是如何用万丈霞光缠绕我们三人的美好情形我已经忘记了。只记得娜、娥两位姑娘虽然不算很漂亮，但却有着娇柔的面庞、苗条的腰身……我仁慈的世界啊，请把她们珍藏在您广阔的胸怀中吧。

离别时分，娥说的一句话却把我这堪称精巧完美的故事模型彻底打碎了。尊敬的读者们，我也不想这样的，可娥是一个善良率真又温柔的姑娘，她的这句话对我随后的人生产生了极大的影响，所以我不得不把它写下来。

娥呆望着娜走去的背影轻轻叹息一声，说：“这是个可怜的女人呢，她恋爱的男朋友把她侮辱了。”

我虽然早就知道这件事，但从娥的口中闻听此事却还是像被重锤猛击了般脑中轰然一震。因为从见到娥的那一刻起我就爱上了她。娥是一个很善良率真的姑娘……

然而这个身材娇小的姑娘接着又说：“娜，你们俩早就认识了。这骗不了我。我从你们俩讲的故事里都听出来了。”

我精心搭建的故事模型，如陈年潮湿的墙壁般层层脱落开来。幻想着娥和我之间有可能谱写某一浪漫音符的那脆弱企图，眼下已是洪水冲击下的沙堤般崩溃。难道是娜和我暗中合谋，用暧昧幽暗的故事欺骗着娥了吗？

如果是那样，如果真的是那样……这一切岂不成了猎手布下的深深陷阱，其正从黑暗的隐秘处忍住嗤笑窥视于我？

眼下，从窗口坠落的阳光泛起枯黄的色泽散碎一地。不知名的鸟雀们在窗前扑棱一下飞过，却也丝毫不能打断我年迈的追忆。这一切都在把时间飞逝的声音送达于我。但我已是个暮年之人了，还能做些什么呢？只不过是痴心追忆一些故去的往事罢了。只不过是站在窗后向外面的世界妄想及失落罢了。

如今，娜、娥两位姑娘哪个也没留下，都走了。在那遥远的地方，她们姣好的容颜依旧光彩夺目、轻轻闪烁。离别的那一刻大约是在秋末时节。那是个风滚草[①]旋飞，山川草地满目枯黄的忧伤季节。许是人们常把离别喻为伤秋而使我有了这般记忆吧。然而娜终究是离我而去了。娜那时候应该是三十岁左右的颇有风韵的成熟女子。

但八十岁的干瘪追忆每当回想起娥的时候却更为优柔孤寂，且时而与娜的相貌混淆起来，使我跌落深深迷茫中。此时我便会又一次承认回忆的索然无味，以及那每次重复都会变幻其质感和色泽的神秘特性。例如《圣经》中所言那般：

我忧伤地叹息说——你要如何想念姑娘们……

原载小说集《陷阱瞬失》，内蒙古人民出版社 2012 年版

译于 2018 年

① 风滚草：大翅猪毛菜。

雪冬

扎·仁钦 著
胡日查 译

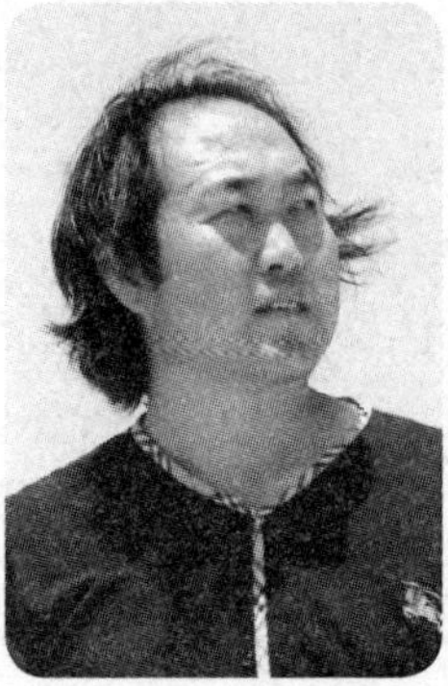

扎·仁钦

本名仁钦，蒙古族，1973年生，通辽市科左后旗人 。中国少数民族作家学会会员，内蒙古作家协会会员，科左后旗文学艺术界联合会副主席。主要作品有诗集《无眠的夜晚》《扎·仁钦蒙文书法》《樱花之风》。在《哲理木文艺》《花的柴达木》《阿拉腾甘德尔》《花的原野》等刊物发表诗歌、散文、小说等四百余篇。小说《雨靴》入选中国当代少数民族文学翻译作品选粹蒙古族卷。

胡日查

笔名特·胡日查，蒙古族，1971年生于扎赉特旗。内蒙古翻译家协会理事，中国少数民族作家学会会员，呼伦贝尔市翻译家协会副主席。自1986年开始用蒙文创作诗歌、小说。在《呼伦贝尔》《花的原野》等刊物发表作品，计三百余万字。著有小说集《心灵的翅膀》。四次荣获呼伦贝尔市文学艺术骏马奖，2014年荣获“呼伦贝尔十佳翻译家”称号。

雪下了一天一宿，还是没一丝停的意思。正像人们所说，只有烟囱中冒出的烟，没被这场似乎变得毫无节制的雪压住。厚厚地铺展在大地上的雪与刚刚弹好的丝绵并无两样，轻轻的、洁白的、柔软的。白得都有点刺眼。雪下了一阵，天晴之后的世界是无法睁开眼的洁白世界，并无垠地延绵开来。低矮却有着各自特点的房屋、院落被大雪覆盖成统一的白色，在世人眼中，高的如同戴着帽子般神气活现、低的如同一个个鼢鼠堆般无精打采。这就是世人的习性。雪轻如鹅毛。从低低地压在头顶上的天空中飘落下来的鹅毛大雪如同失重一样慢腾腾地飘浮着，接二连三地叠落在一起。雪的柔软与丝绸的柔软不同，也有别于软体动物的柔软。也许因为雪洁白、柔软又轻盈，所以一见到阳光与劲风就容易变色，容易飘舞，容易被刮跑。

在这个雪的国度里寻找生命，不知能算何等级别的兴趣爱好？

一只孤独的乌鸦摇摇晃晃地飞着，它是在寻食吗？天知道。乌鸦的黑渐渐被暗灰色的天空融化掉！现在连乌鸦飞过的痕迹都没有！它的悲鸣未等落地就消失殆尽！

准备完冬季肉之后的一天，达瓦次仁被巴里雅尔邀请去他家里喝酒。这个村子的人家坐落得稀稀拉拉如同老牛拉屎一样凌乱无序。所以村中的路也是“山路十八弯”，十八个弯也像粪叉子一样分出无数个分支。当然，其中的一条通往达瓦次仁家，还有一条通往巴里雅尔家。今天中午达瓦次仁顺着通往巴里雅尔家的那条路走到了他家，连清嗓子带咳嗽地进了门。

温暖的气息扑面而来，特别友善的气氛使他的心情舒畅无比。

“穿着开裆裤一起长大的兄弟呀，我俩！”

“学 ɑ、o、e 时候的同桌呀，我俩！”

历来他们的谈话如此开始，也如此结束。

“巴里雅尔我的好朋友多呀！”

巴里雅尔在达瓦次仁面前炫耀的话语也不是毫无根据。

“但是像你似的用心交往的兄弟我绝无第二个。”

虽然之前说过无数次，但最愿意说的还是这一句。

“他算谁呀？他算什么呀？能为这个屯子增光的除了我们哥俩还有谁呀？”

……

勾着肩，握着手，搂着脖子，晃晃悠悠，呜啊乱叫着……他们多次如此见面，又如此分手。

巴里雅尔的媳妇多兰金虽然黑是黑点，但也属于受看的黑。遇到什么事情都一笑而过。不是有人说她是有心眼的黑美人吗？没错，她就是个有心眼的黑美人。您看，面对脸皮比牛皮都厚的两个醉汉天南地北信口开河的荤的、素的、贴边的、不贴边的各种故事和闲话，她只是那么淡淡地一笑而过。多兰金心里到底想什么谁也不清楚。达瓦次仁更不知道。但是，他自己都奇怪自己很想知道多兰金的想法。醉眼看着多兰金，他感觉到生活是如此的美好，突然想哭，又想唱。总是一笑而过，这女人。笑起来牙齿齐齐的、椭圆形的、洁白的，特别好看。笑起来不露出牙龈，椭圆的牙特别好看——在他的眼前，在他的心上。

多兰金是穷人家的姑娘。

穷日子过怕了的父母为了不再让自家姑娘过穷困的日子，一心想把她嫁到富裕人家，那年看上了巴里雅尔家丰厚的家产，早早就把姑娘交给他们家了。

多兰金出嫁的那天早晨，理解姑娘心思的母亲跟她说："感情能值几个钱呀？孩子。一起过了日子自然就会喜欢他，会想他的。我和你爸在结婚那天才看到彼此长什么样，现在怎么样？还不是照样过来了嘛。什么也没有的日子才是最艰难呀，一辈子你都别想抬头！有钱能使鬼推磨，我姑娘你可得认清这世界才是啊……那个后生准不能让你过上幸福日子，所以趁早忘了他吧，姑娘！……"母亲说着说着也哽咽起来。

"那后生"指的不是别人，就是让多兰金春心荡漾，让她失眠的那位聪明的小伙子。在还没弄清楚什么是爱情的少女时代，多兰金头一次见到那男孩就被羞涩又极度向往的感觉折磨得坐立不安，她明白自己是看上那男孩了。他们虽然未能在该相恋的岁月中相恋，但也多次秘密地传纸条表达彼此的心思。同时也明白了彼此都怀着白手起家的英雄梦。他们都相信爱能经得住苦难的考验。在他们写给彼此的信的字里行间，这种意思像春天的嫩芽一样悄悄地抬着头。多兰金虽然不太相信命运，但也不是一味地抗拒命运的眷顾。因为，她永远都承认现实就是现实。那后生则坚持认为如果你无法改变现实，你就必须适应所处的现实，在这种现实中实现自己的幸福，你才可以算得上一位成功者。在理想和现实之间巨大的差距和完美的交叉点上，他们久久地聆听着彼此的心跳。

如果那后生当着她父母的面勇敢地给多兰金送一份定情信

物，那多兰金就会毫不犹豫地嫁给他。但是，多兰金望眼欲穿的等待最后还是落了空，只能含着满心的怨恨无奈地嫁给了巴里雅尔。巴里雅尔看上的只有她美若天仙的相貌和身材。

多兰金一边哄着六岁的女儿，一边给他们拿烫酒的水、端菜递茶。

不只是达瓦次仁来巴里雅尔家里喝酒，巴里雅尔也会去达瓦次仁家喝酒。两家人在芳香的酒气中和睦相处了很多年。

虽然达瓦次仁和巴里雅尔是同年的腊月前后结的婚，但是达瓦次仁家到现在也没个一男半女。达瓦次仁每次来巴里雅尔家喝酒都会被一种沉重的思绪压得愁眉不展。巴里雅尔只能无奈地看着这情景，除了劝慰几句也没有更多的办法。这种事情说它需要技术又好像不怎么需要，说它不需要吧还似乎真的需要。好像有谁说过这样一句话：他们是在无意之间得了孩子。达瓦次仁每当来巴里雅尔家，就想起自己没有孩子，为此伤心。从达瓦次仁的失落中，巴里雅尔心中悄悄荡漾起遗忘已久的喜悦和满足，这是和毫无道德的幸灾乐祸不一样的一种喜悦。巴里雅尔两口子也期盼达瓦次仁家早生贵子，像达瓦次仁一样期盼，像达瓦次仁的女人一样苦苦期盼。如果缺钱财兄弟可以借给他，就是不知道怎么去帮一个没有孩子的家庭。这是一种眼看着苦难发生却无法帮忙的难事。求医问药不知跑了多少地方，可是达瓦次仁家女人的肚子依然空空如也，这让人生气，也让人气馁。一开始想弄明白祸根在谁那里，到了今天，连这种愿望都没有了。这时凛冬将至。

冬雪不分砖房茅屋，把整个村庄一律公平地拥入洁白的怀抱。在这严冬大雪中，有谁还会想起打猎这档子事呢？说有也许就达瓦次仁和巴里雅尔他俩吧。但是今年的大雪别说是打猎，连圈里的牲畜能否安全过冬都是一件让人头痛的事情了。往年的冬天，积雪刚刚没过小孩脚踝，他们就在雪中领着猎狗、背着猎枪、拿着打兔棒，出去打猎了……

达瓦次仁家是宽敞明亮的大砖房，巴里雅尔家也是砖房，村里除了他们两个到现在没有人盖得起砖房。有的人家把盖房的砖拉到门口却迟迟未能动工，有的人把木料都备好放进仓库里好多年了，他们都是一帮手头不太宽裕的人们。

村子东南角上有两间茅草房，那是阿日斌贺喜格家。阿日斌贺喜格今年都三十五了。他虽然是家里的独子但到现在都未能娶妻成家。他和他满身病痛的母亲相依为命地过日子。人们传言说，阿日斌贺喜格的父亲去世的时候留下了很多财产。谁都知道阿日斌贺喜格的父亲是村子里唯一的公家人。阿日斌贺喜格连续考了几年大学都与大学擦肩而过，也许是大学与他无缘吧。他父亲去世的那年秋天，他回到村里，从此再也没有提到上大学这档子事情了。是因为他看不上村里的姑娘们呢，还是因为村里的姑娘们不理解他的缘故呢？总之阿日斌贺喜格到现在都没提过一次亲。说实话阿日斌贺喜格现在已经过了谈婚论嫁的年龄了。他母亲生怕他变成一位光棍，整天为此事而操心。阿日斌贺喜格是个话少、朋友少、出门少的“三少”人员。理解他的人也许就他母亲一个吧。阿日斌贺喜格孝敬母亲那是没的说。他的心中母亲就是长生天。母亲虽然常年卧床不起，但是她活着阿日斌贺喜格的天就不会塌，如果有一天母亲真的撒手人寰，那么阿日斌贺喜格的天就会塌，他的生活就会变得暗无天日。但是他母亲可不想让儿子没日没夜地照顾自己，她更希望有个儿媳妇来照顾自己。那么她就算到了九泉之下也会放心。她怨恨儿子不懂得自己的一片苦心。母亲不是不理解阿日斌贺喜格，不是不知道他发过誓，绝不谈第二次恋爱。母亲不理解阿日斌贺喜格为什么因为被所爱的姑娘突然背叛，就如此惩罚自己，她苦苦训导着儿子。

“我儿都三十出头啦，你也不是不明白，我不知哪一天说死就会死了。留下你自己我怎么能含笑九泉呢？”

“妈，您别说了，我都知道……”

“妈妈为什么不说呀？一说你就说，知道，知道！你知道的在哪儿呢？你都三十多了，不说我心里苦啊！一说你就说，知道，知道的……”

阿日斌贺喜格替老泪纵横的母亲擦去眼泪，说：“妈妈您放心！马上我会领来给您看的！”

“也不知道你什么时候才能懂事，让我高兴高兴啊！我的傻孩子！”母亲叹息。

雪还在下……

村路上，行人明显少了，这么大的雪步子都迈不开谁还出来溜达呢？村里人如果备好了冬季肉、囤积好了五谷杂粮，再加上不缺柴烧，那他们就再大的雪都不会害怕啦。他们坚信大雪不会把房梁压塌。

从某一天开始，村里展开了一场保护家养牲畜的会战。

人们突然明白过来，如果不小心呵护膘肥不足的牲畜，那么它们被冻死饿死的厄运就在眼前，不能再安稳地躺在热乎火炕上啦。有人埋怨老天不让人消停。有人说老天有眼那是假的。过得不如别人不是别的原因，是因为老天不公，要不就是大地不慈悲。这都成为了一部分人为自己过不好日子而找的最好的理由。

有一天丹巴走进巴里雅尔家哭丧着脸说：“饲草一点都没了，一头母牛还要下犊。借给我一车草吧，要有就你们家有，我就奔着你们家来了。大人不计小人过。过去是我错了，我后悔，我不向你服软向谁服软呀？我糊涂，你就把我说过的话当成放屁了吧，看在我们都是在一个村里活到老的乡亲的分上你就帮我一次吧！”他频频点着头一双眼睛却无法隐藏心中的盘算。

巴里雅尔歪嘴讥笑着说："那是，乡亲就应该同甘共苦嘛，关键时刻能看出一个人的本性，是吧，丹巴！但是我想跟你说的是，虽然我的饲草很多，但你也不是不知道我的牲畜也不少啊，让这么多的牲畜不至于饿死的办法在我这里就一个，只有一个，那就是必须准备足够的饲草。再说啦，雪一直在下，谁能知道什么时候停？如果雪不停，我也不知道自己能从什么地方去讨要饲草。所以我只能对你说不好意思啦。丹巴，希望你能理解我的难处。"

满脸不高兴地走出去的丹巴没有忘了回头朝他家大门吐一口吐沫。从窗口往外望着他的巴里雅尔从牙缝中挤出一句"他这种人就应该这样"，他的女人却没出声。

村庄里变得死气沉沉。起初不管是达瓦次仁家还是巴里雅尔家都想关心一下彼此的情况怎么样，询问一下，可后来慢慢这种想法也打消了。都以为对方在不停地忙活着，他们的酒局也久久未能开席。

首先是棚圈不牢固的人家撑不住了，接着是饲草不充足的人家，接着，再接着……雪还在下……雪，让人想着这一切的不顺，下着……

一天中午，达瓦次仁冒着大雪来到巴里雅尔家。

"喂！你怎么想起……来，来，冷了吧？"

"我说你呐，媳妇！整两个下酒菜，好久没喝啦，得好好喝一口！"

达瓦次仁也没说不喝，也没说别做，巴里雅尔看出来他只是吞吞吐吐地想对自己说点啥。

"我把饲草借给了几个困难的人家，自己却面临饲草紧张的情况，他们不停地央求，我也没有办法拒绝呀。谁能想到啊？这雪能下这么大……所以……今天这……”

早就料到可能会出现这种情况的巴里雅尔现在佯装没听到也没看到，举起酒杯说：“来，把杯中的都干了……”

……

达瓦次仁很快就醉了，所以第二天想不起来自己是怎么离开巴里雅尔家的，又怎么回到家的。唯一清晰的是，多兰金为他收拾呕吐物的情景和她对丈夫说的“我们的饲草不是有很多吗，为什么不能给他呢？不就是草嘛，那么心疼它做什么，就是死几头牲畜也没什么嘛，你心疼它们做什么呀？”等话语……接下来的事情就怎么也想不起来了。那天晚上，达瓦次仁的女人失眠了。她为多兰金担心，翻来覆去地迎来了黎明。她责怪自己，为了让丈夫去巴里雅尔家的事后悔不已。

佯装醉酒的巴里雅尔送走达瓦次仁，转身进屋就拽住多兰金的头发。

“你这个骚货！”

“你以为我不清楚你给他送药的事情吗？”

“还想做我辛辛苦苦攒下的产业的主人吗？你！”

“他不光缺饲草，还为生不出孩子着急呢，你不去帮吗？我在家等着你凯旋归来！”

小女孩的哭声打破了雪夜的寂静。

多年来巴里雅尔对多兰金的种种羞辱、压迫和暴力最终让她做出离开这种生活的决定。她认为这一切都源于她有一副美丽的皮囊和贫穷的出身。她越来越强烈地感觉到自己需要爱与呵护。母亲常常念叨的人生哲理已经变成了残酷的现实摆在她眼前，使她无比痛苦，常常泪流满面。财产已经使她的丈夫无限膨胀。多兰金需要温暖和爱护。现实却无法满足她的需求，她虽然非常失望，但为了女儿强忍着佯装自己很快乐。村人眼中富足家庭的女主人多兰金和生活中真正的多兰金有着很大的差距。她总是伤心地对自己讲："生活原本就是这个样子嘛，我也不例外。"她总是默默地想，自己原先为什么不清楚幸福原来就是一种舒心的感觉，希望从别人身上得到自己想要的幸福是多么可笑而遥不可及。

被大雪压折的树枝默默躺在雪地上。草堆、干牛粪堆都像鼢鼠拱起的小土堆一样无精打采地微微鼓起。院墙已经被大雪盖住，玻璃窗如同头戴皮帽者的眼睛深深地往里眍了进去。灰暗的天色使人们的内心疲惫不堪。人们突然想起好久没有听到物体碰撞的声音，迫切希望听到金属与木质物件的碰撞声、金属间相撞的声音，由此终于深切地明白，人是如此需要听到各种声音……这就是大雪统治下的世界。在这个世界的一个黑夜里，一位被丈夫殴打赶出家门的女人昏倒在阿日斌贺喜格家门口，那女人是多兰金。

虽然没有月亮，但是白雪的反光中远影绰绰近影朦胧。

屋里没有灯，但还是被一层黎明般的微光笼罩着。

阿日斌贺喜格按照母亲教的方法救了差一点冻死的多兰金，正在里里外外忙活得不亦乐乎。因为外面太冷，阿日斌贺喜格早早就把自家的两头牛赶进屋来了。两头牛小心翼翼地把铁青色的鼻子放在锅台上的木质锅盖上嗅着味。也许是看到多兰金的缘故吧，阿日斌贺喜格突然深切地明白了自己还在深深地爱着那个模样跟多兰金非常相似的初恋女友……

雪已经停了……

雪虽然已经停了，人心中的挣扎还在继续……

原载《哲里木文艺》2016年第1期

译于2018年

图书在版编目（CIP）数据

会笑的绵羊 / 内蒙古翻译家协会选编．-- 北京：作家出版社，2020.4
（优秀蒙古文文学作品翻译出版工程）
ISBN 978-7-5212-0446-9

Ⅰ．①会… Ⅱ．①内… Ⅲ．①短篇小说－小说集－中国－当代 Ⅳ．①I247.7

中国版本图书馆 CIP 数据核字（2019）第 052539 号

会笑的绵羊

编　　者：内蒙古翻译家协会
责任编辑：陈晓帆　袁艺方
装帧设计：孙惟静
蒙文题字：艺如乐图
出版发行：作家出版社有限公司
社　　址：北京农展馆南里 10 号　　　邮　　编：100125
电话传真：86－10－65067186（发行中心及邮购部）
86－10－65004079（总编室）
E－mail: zuojia@zuojia.net.cn
http: //www.haozuojia.com
印　　刷：中煤（北京）印务有限公司
成品尺寸：152×230
字　　数：160 千
印　　张：13.75
版　　次：2020 年 4 月第 1 版
印　　次：2020 年 4 月第 1 次印刷
ISBN 978－7－5212－0446－9
定　　价：39.00 元